재인, 재욱, 재훈

재인,

재욱,

재훈

정세랑
소설

은행나무

차례

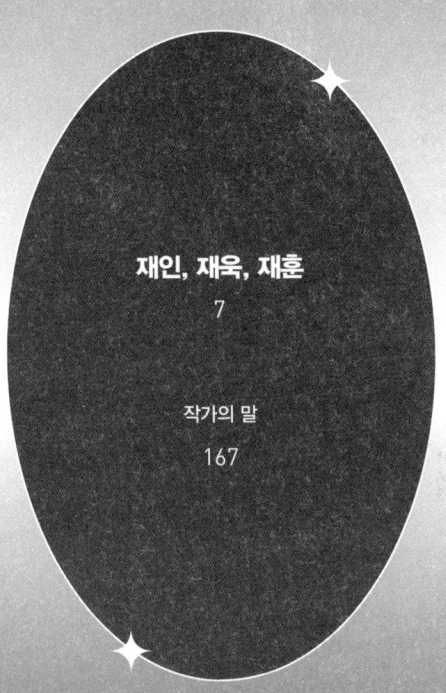

재인은 운전을 하느라 예민해진 상태였다. 팔 년 된 엄마의 소나타는 에어컨이 시원찮았다. 둘째인 재욱이 출국하기 전에 남매가 다 같이 휴가를 보내자는 게 목적이었지만, 평소에 그다지 끈끈하지 않은 세 사람이 휴가라고 뭐 특별히 달라질 건 없었다. 서해안의 별로 유명하지 않은 해수욕장에서 각자 해수욕을 하고, 모기에 시달리고, 저녁엔 해산물을 먹었다. 특별히 좋지 않을 줄 알고 있었지만 첫째로서는 강행할 수밖에 없는 일이었다.

"내가 운전할까?"

재욱이 재인에게 물었다. 아니야, 하고 재인이 고개를 저었다. 재욱은 몇 년 전의 사고 이후로 운전 실력이 살짝 나빠졌다.

부주의해졌다기보다는 반응속도가 느려졌다. 피곤하더라도 재인이 계속하는 게 나았다. 막내인 재훈은 속 편하게 뒷좌석에서 잠들어 있었다. 늦둥이라 재인과는 열세 살이 차이 났고 이제 고등학교 2학년이었다. 잠든 재훈의 모습이 달마대사를 닮았다고 재인은 생각했다. 집에 낡은 달마대사 족자가 있었기 때문에 자꾸 겹쳐 보였다. 달마대사, 혹은 미쉐린 타이어 캐릭터. 재인과 재욱은 실루엣이 비슷했는데 재훈만 달랐다.

아무래도 날이 갈수록 삼남매가 함께 보내는 시간은 점점 더 줄어들 것이었다. 휴가가 끝난 후 재인은 대전의 연구단지로 돌아가고, 재욱은 아랍의 공단에 파견을 간다. 재훈만이 엄마와 서울에 남는데, 엄마에게 재훈을 맡기는지 재훈에게 엄마를 맡기는지 영 마음이 놓이지 않았다.

마음이 놓이지 않는다고 해서 모든 걸 내가 다 할 수는 없어. 뻣뻣해진 손가락으로 운전대를 쥐고 재인은 생각했다. 모든 걸 내가 다 하다가는 성격이 나빠지고 말 거야.

잠에서 설핏 깬 재훈은 누나의 성격이 정말로 나쁘구나 생각했다. 고도로 타인에게 친절한 운전을 하기 위해 본인은 신경

질적이 되어가고 있었다. 운전을 못하는 재훈도 그걸 느꼈다. 날이 선 채 운전을 하는 누나 때문에 차 안의 공기가 불편해지고 만다. 누나는 줄곧 지나치게 당긴 기타줄 같은 성격이었다. 한 음 높다. 가끔은 두 음까지 높다. 어렸을 때부터 그랬는지는 알 수 없다. 나이차가 있다보니 재훈으로서는 누나의 아주 어렸을 때를 상상하기가 어려웠다.

형은, 형은 진짜 잘 모르겠다고 재훈은 생각했다.

사고 전에는 형을 안다고 생각했는데 말이다. 누나와는 열세 살, 형과는 열 살 차이지만 그래도 누나보다는 가깝다고 여겨왔었다. 재훈은 재욱이 저 상태로 멀고 먼 사막 한복판에 가서 또 다치기라도 하면 어쩌나 걱정스러웠다. 의사들은 아무 문제가 없다고 하지만 그건 예전의 재욱을 몰라서 하는 말 같았다. 가까운 사람들은 모두 느끼고 있었으니까.

"배고파."

"휴게소 갈 때까지 기다려."

"휴게소 음식 먹기 싫어."

재훈은 미식가였다. 재인은 막내가 셋 중에 유일한 미식가인 것이 새삼스러웠다. 사실 재인과 재욱은 코가 나빴다. 코가 나쁜 사람들은 대충 아무거나 먹을 수 있다. 그에 비해 재훈은 들어간 재료 중에 하나만 나빠도 바로 알아차렸다. 싱싱하지 않아, 하고 탁 젓가락을 내려놓았다. 엄마는 그럼 짜증을 내며 다른 걸 차려줬다. 귀신같이 알아챘다고 혀를 내두르면서. 재인은 몇 년 전 속으로 재훈을 데리고 송로버섯을 찾으면 어떨까 상상한 적이 있다.

"너도 배고파?"

재인이 재욱에게 물었다.

"고픈가."

재욱이 대답 아닌 대답을 했다. 그 정도는 알았으면 좋겠다고, 재인은 미간을 찌푸렸다. 배가 고픈지 고프지 않은지 정도는 알아야 하지 않나. 막내가 휴게소 음식이 싫다고 했으므로 재인은 국도로 내려섰다.

주차장이 비어 있었으므로 가게 안도 휑할 줄은 알았지만 정말로 다른 손님이 한 명도 없었다.

"맛없는 집인가봐."

재훈이 너무 크게 말해 재인이 째려봤다. 그저 이 여행이 끝나기만을 세 사람 모두 바랐기 때문에 다른 집을 찾지 않고 그대로 앉았다.

"이런 집은 조개가 나쁠 거야."

"조용히 해."

재인과 재욱이 물티슈로 꼼꼼하게 손을 닦기 시작하자 재훈도 흉내를 냈다. 바지락칼국수를 손으로 먹을 것도 아니면서 뭘 그리 깔끔을 떠는지 알 수 없었다.

실험 때문에 엉망이 된 손톱이 아렸다. 재인은 저도 모르게 속이 상해서 한숨을 쉬었다.

"장갑 안 끼고 해?"

재훈이 물었다.

"끼고 하지. 두 겹 끼고 하는데 아세톤이 워낙 독하니까."

재인은 기업 연구소에서 OLED 조명을 연구하고 있었다. 새로운 소재의 기판 재질과 발광 재료를 시험하는 건 흥미로운 일이었지만 썩 쾌적한 환경은 아니었다. 화학 회사는 어디든 유해한 용매와 물질들로 가득하고, 반짝이는 것들도 그 사이에서 만들어진다.

"네일 아트 같은 거 비싸게 받아봤자야. 금방 지워져. 그런 호사까진 바라지도 않아. 손이 이렇게까지 엉망이 된다니까. 손톱이 계속 부러지고 벗겨지듯이 일어나는 데다가 거스러미도 끝없이 생기고."

"회사원들도 힘들구나."

재훈이 애늙은이처럼 말했다.

"그러니까 공부 열심히 해. 뭘 해도 힘드니까 최대한 하고 싶은 걸 하며 힘든 게 낫잖아."

"열심히 하고 있어."

"웃기네. 엄마가 너 매일 지각한다던데?"

"그건 내 잘못이 아니야. 엘리베이터만 기다려도 십 분이 날아가."

80년대에 지어진 아파트의 13층에 살다보면 확실히 느린 엘리베이터가 불편하긴 하다. 재인도 학창시절엔 늘 조마조마해하며 엘리베이터를 기다렸던 기억이 있었다.

"걸어내려가."

재욱이 제안했다.

"무슨 소리야. 형이면 몰라도 나는 그랬다간 무릎 다 나가."

그럼 말고, 하고 재욱이 고개를 돌려 창밖을 내다보았다. 유난히 후끈하고 습한 날이어서 나무들마저 더위를 이기지 못하고 시들해 보였다.

"사막은 늘 이렇게 더우려나."

"그래도 건조하지 않을까?"

"……바다가 가까운 사막이래."

재욱이 말하자 재인과 재훈이 안타까워하는 표정을 지었다. 재욱이 짓게 될 플랜트는 원유에서 나온 1차 가공유를 다시 2차 가공유로 만드는 시설이었다. 수출에 용이한 항구 근처라고 했다. 최고 온도가 55도까지 올라간다는데 거기에 끈끈한 바닷바람까지 더해지면 더위 지옥이 될 게 뻔했다.

그러나 사실 더위는 문제가 아니었다. 더위를 심히 못 참는 편은 아니고 어쩌면 우려하는 것보다 수월하게 무신경해질 수 있을지도 몰랐다. 문제는 무신경 그 자체였다. 사고 이후로 주변의 상황이나 사람들에게 계속 신경을 쓰는 게 어려워졌던 것이다. 병원에서는 아무 문제가 없다지만 둔해진 게 확실했다. 자주 손을 데거나 넘어지던 시기는 금세 지나갔지만 그래도 미묘하게 그전보다 느려진 것처럼, 부위 부위가 연결이 되지 않은 것처럼 느껴졌다. 백 분의 일 초라도 느리다면 느린 것이었다. 어딘가 불편했다. 다른 사람들의 대화를 따라잡는 일조차 피로했다. 재인과 재훈의 치고받는 대화에도 은근히 스트레스를 받았다. 누군가 중요한 말, 중요한 일에만 다른 색깔로 표시를 해주면 좋겠다고 생각했다. 중장비에 깔리지 않게 경보음도 좀 울리고 말이다.

"놀러 갈게, 형."

"관광지가 아니야."

일단은 색깔이 미묘했다. 바지락이 미묘하게 형광색이지 않은가, 세 사람은 고민했다. 재인과 재욱은 재훈이 맛볼 때까지 기다렸다.

"맛이 괜찮아?"

재인이 가게 사람들이 못 듣게 속삭였다. 누나와 형이 판별을 기다리고 있자 재훈은 살짝 거만해졌다. 막상 한 젓가락 뜨니 바지락칼국수는 아주 표준적인 맛이었다. 누구나 바지락칼국수를 시킬 때 기대할 만한 맛이었고 기대보다 특출 나지도 형편없지도 않았다. 너무나 표준적이라서 마치 '바지락칼국수'라는 단어라든지 개념 그 자체를 씹는 것 같았다. 기계로 뽑은

면발이 금세 넘어가려 했지만 재훈은 조금 더 천천히 맛을 보았다. 형광기가 도는 조개는 탄력 있었다. 자잘한 해초와 말려서 가루를 낸 미더덕이 국물 맛을 냈다. 보통 이런 게 들어가면 굉장히 맛있는데 어째서 이렇게까지 평범한 국수 맛일까, 재훈은 의아했다.

"의외로 괜찮아."

그리하여 세 사람은 말없이 늦은 점심을 먹었다. 재인은 서울에 가서 얼른 남은 휴가를 보내고 대전의 회사 기숙사로 돌아갈 수 있으면 했다. 마음이 잘 맞는 룸메이트와 함께 쓰는 그 방엔 얼마 전 간식용 좌식 탁자와 동그란 러그도 들여놓았다. 거기서 에어컨을 틀어두고 탄산수를 마시면 딱일 텐데…… 휴가 전의 실험 데이터가 영 마음에 들지 않은 것도 내내 찜찜하게 걸렸다. OLED 소자의 효율과 수명이 예상을 밑돌았던 것이다. 재욱은 머릿속으로 출국을 위한 가방을 쌌다. 무언가 빠뜨렸다는 생각이 자꾸 들었다. 요새는 늘 그랬다. 짐을 싸는 것뿐 아니라 어떤 일이든 여러 번 되풀이하지 않으면 성긴 틈 사이로 중요한 것들이 다 빠져나가버리는 것이었다. 재훈은 다가올 개학이 싫었다. 누나도 형도 없으니 아침에 욕실을 쓰기는 좀

편하겠구나 싶긴 했다. 그래도 지각할 게 뻔하지만.

돌아오는 길, 라디오에는 세 사람이 싫어하는 노래들만 나왔다. 하지만 계속 채널을 돌리기도 귀찮아서 모두 포기하고 들었다.

*

현관문 앞에서 세 사람은 똑같은 생각을 했다.

'최종 보스……'

엄마가 알면 삼남매의 뺨을 동시에 후려칠지도 모르지만, 엄마를 생각할 때 따뜻한 기분이 들기보다는 어떤 난관을 앞에 둔 사람들의 마음가짐이 먼저 되는 것도 사실이었다. 지평선 가까이, 다가오는 토네이도를 볼 때의 기분 같은 것. 한 번도 토네이도를 본 적이 없고 보고 싶지도 않지만 그 비슷했다.

아주 작은 실수에도 엄마는 폭언을 터뜨렸다. 끊임없이 보물이 솟아오르는 이야기 속의 단지가 있다 치고, 거기서 보물을 폭언으로 갈아치우면 설명할 수 있을 것이다. 게다가 이 단지는 금이 가 있고 금 간 부분엔 너덜너덜한 테이프가 대충 붙어 있다. 뚜껑도 제대로 맞지 않아서 덜거덕거린다. 위험한가 하는 순간 치솟는다. 현실 세계에 존재할 것 같지 않던 폭언들이 소화전의 물처럼 터져나오면서.

"너 같은 건 내가 죽어도 눈 하나 깜짝 안 할 거야, 염을 하면서도 눈물 한 방울 안 흘릴 거야! 이 석빙고의 얼음 같은 것아! 개마고원의 동태 같은 것아! 철원의 고드름 같은 것아!"

염이라니, 뭐 그리 끔찍한 말을. 게다가 동빙고동 서빙고동은 알고 있어도 석빙고의 얼음 같은 건 본 적이 없어 좀처럼 상상하기 힘들었다. 냉장고 있던 시대의 사람이 대체 왜 그런 비유를 하는지 몰랐다. 더해서 엄마가 예를 드는 지역들은 엄마와 연고가 하나도 없었다.

"셋이나 있어도 사는 것만 무겁지, 낳은 보람 있는 것들이 하나 없어. 너희 때문에 이렇게 사는데 나를 가련히 여기는 애가 하나도 없어. 뱃속에서부터 그렇게 애를 먹이더니 뱃속에 갈퀴를 품어도 너희보다 나았을 거야."

재인은 피임이 되던 때에 어떻게 아빠 같은 사람과 셋이나 낳았을까, 사실 좀 궁금하기도 했다. 하지만 갈퀴라니.

첫째와 둘째가 직장 상사들의 폭언쯤 '아, 그러세요' 하고 넘길 수 있게 된 데는 엄마의 훈련 덕이 컸다. 재인은 혹시 자기 안에 엄마와 같은 성정이 있을까봐 늘 스스로를 관찰하는 버릇을 들였고, 어느 나이부터는 불같은 성격의 친구들을 만나면 슬슬 피했다. 재욱은 조금 다르게 개폐식 귀를 가지게 되었다. 듣고 싶지 않을 때는 듣지 않았다. 사람들을 대하기 힘들어하고 멀게 느끼게 된 데는 사고도 사고지만 엄마가 기여한 부분도 적지 않을 것이다. 재훈의 경우는 막내라서 엄마가 덜 폭발하기도 했고 어떤 폭언을 들어도 뱃살로 팅, 팅겨버려서 누나와 형을 감탄하게 만들었다.

어쨌든 세 사람은 알고 있었다. 그 모든 폭언들이, 종종 따라붙는 극적인 울음이 사실은 남매를 향한 것이 아니라 아빠를 향하고 있다는 것을 말이다.

아빠는 어릴 적에 세 사람과 굉장히 잘 놀아줬다. 아빠와 노는 시간은 언제나 재치와 에너지로 넘쳐서 남매는 아빠의 퇴근 시간만 기다렸다. 야근에 출장에 바빴지만 시간이 될 때는 최선을 다해 놀아주었다.

"아니 잠깐, 누나나 형 때나 잘 놀아줬지 나는 아니었어. 내가 어릴 때는 이미 엄마랑 아빠 사이가 너무 나빠서 아빠가 별로 안 왔다고."

　재인과 재욱이 어린 시절 이야기를 하면 재훈은 그 시절에 자신이 포함되어 있지 않다고 확실히 했다. 어찌 되었든 그렇게 잘 놀아주는 아빠에게 엄마가 언제나 분노하고 있다는 걸 깨달아야 했던 십 대는 순탄치 않았다. 특히 재인은 어디선가 아이와 잘 놀아주는 남자를 볼 때마다 저 사람은 여자와도 잘 놀까, 부정적인 상상을 하는 자신이 싫었다.

　아빠의 바람기는 할아버지에게서 내려온 것이 분명하다고 그랬다. 격동의 20세기에 잘 놀고 요절한 할아버지와 꼭 닮았다고 했다. 엄마는 기분에 따라 피가 더러워서 그렇다, 혹은 본 것 없이 자라서 그렇다, 원인에 대해 다양한 의견을 냈다. 엄마가 파악한 것처럼 집안 문제인 것은 확실해서 큰아버지와 작은아버지도 비슷한 양태를 보였다. 세 번째 큰어머니가 큰집에 들어왔을 쯤엔 다들 미소로 대하면서도 속으로는 지나가는 여자라고 여겼는지 아무도 정확한 호칭으로 부르지 않았다. 그나마 작은아버지는 사업이 망하는 바람에 방탕한 생활을 정리하고 가정을 지켜낼 수 있었는데, 언젠가 사업이 잘되면 또 모를 일이었다.

"대체 너희 가족이 너희 아버지를 그렇게 몰아대는 이유가 뭐니? 결국 너희 아버지가 벌어오는 돈으로 살고 있잖아. 그럼 됐잖아."

큰아버지가 아버지와 닮은, 그러나 조금 더 턱이 발달한 얼굴로 말했을 때 엄마뿐 아니라 세 남매도 정말로 화가 났었다. 아직 재인과 재욱이 돈을 벌 때가 아니어서 더 사무쳤는지도 모른다. 큰어머니가 또 도망가고 작은집은 아예 지방으로 내려간 시점에 할머니가 돌아가셨다. 엄마가 단독으로 수발을 드는 도중에 화병으로. 뇌경색에 이은 뇌출혈이라고는 하지만 모두 화병이라는 데 동의했다. 엄마는 말을 못하게 된 할머니를 씻기며, 아빠와 아빠 형제들 욕을 늘어놓았다. 자기 엄마를 맡겨놓고 집에는 들어오지 않는 아빠 욕을 늘어놓을 때 할머니는 대답을 할 수 있는 형편이 아니었는데 재인은 종종 할머니 안에 고였을 말들이 궁금했다. 특별한 시설 없이 다른 사람을 목욕시키는 일은 상당히 힘든 일이어서 그 시절엔 엄마도 재인도 늘 허리를 앓았다. 요즘도 허리가 아플 때는 할머니 생각이 난다.

다정하게 생각이 나면 좋을 텐데, 그저 결혼이 그렇게 한 사람의 인생을 잡아먹을 수 있다는 경고로 떠오른다는 게 슬펐다. 더 솔직히는 슬프기보다 두려웠다.

"아빠는 왜 그렇게 오로지 술집 여자들만 만나는 걸까?"

사고 전에 재욱이 날카롭게 통찰한 적이 있었다. 그러고 보니 그랬다. 다른 직업군이 한둘 섞일 법도 한데 예외 없이 유흥업소 종사자였다. 짧은 동거에 들어가거나 관계가 깊어지면 아빠가 자는 사이 집 번호나 가족들의 핸드폰 번호를 훔쳐내 자꾸 전화를 걸어와 힘들었다. 이혼해달라고, 정말로 사랑하는 사이라고, 영원히 함께할 거라고 했다. 레퍼토리는 언제나 같았다. 같았고 집요했다. 그렇게 시달리다보니 책이나 영화에 자주 나오는 '신비하고 사연 있는 술집 여자' 캐릭터를 볼 때마다 욕이 나왔다. 신비는 얼어 죽을. 그 불안한 여자들을 사회구조적인 원인과 남매의 아버지 같은 포식자들로부터 어떻게든 구조해내야지 속 편한 소리 하고 있을 때가 아니었다. 동시에 약자인 줄 알면서 당할 때는 완전히 질려버린다는 게 이중적이었다. 한번은 재훈에게까지 전화를 걸어와서 재인이 빼앗아 들고 고래고래 소리를 질러야 했던 적도 있었다. 배운 적 없는, 어디서 스며들었는지 모를 욕설이 줄줄 나왔다. 엄마 딸다웠다. 신비화는 대상이 멀리 있을 때나 가능하다는 걸, 인생에 처참하게 난입하기 시작하면 결코 할 수 없다는 걸 그런 식으로 깨달았다.

"유전적으로 나쁜지 모르니까 너희도 조심해라."

동생들의 어깨에 수신제가치국평천하를 문신으로 새길 기세로 재인은 잔소리를 자주 했는데, 어쩌면 그 잔소리는 밖이 아니라 안을 향하고 있는지도 몰랐다. 재인도 살면서 한두 번 실수를 해봤다. 친한 친구와 술김에 키스를 해보았고, 어느 한쪽과 사귀지는 않았지만 두 사람과 동시에 데이트한 적도 있었다. 그래도 초반에 실수를 바로잡을 수 있었던 건, 실수 쪽으로 계속 미끄러지지 않을 수 있었던 것은 어떤 경계심이 늘 있었기 때문이다. 내 안에 아주 더러운 기질이 있어. 평생 발정기인, 다른 사람을 해치고도 뻔뻔스러울 수 있는, 혀를 덜렁덜렁 빼문 괴물이 있어. 고삐를 잡아야 해. 사슬을 채워야 해. 재인은 매번 다짐했다. 나쁜 형질의 이미지를 늘 그로테스크하게 그리고 있다는 점에서 재인은 과학자답지 않았다.

"아빠가 도로 들어와 살겠다더라."

엄마가 말했을 때, 재인은 고함을 질렀고 재욱은 귀를 닫았고 재훈은 독서실로 도망을 갔다. 지금껏 몇 번이나, 몇 번이나 반복된 대화였다.

"그냥 이제 이혼하면 안 돼? 우리가 엄마 생활비 줄 수 있어. 제발 이혼해, 엄마."

재인이 대표로 말했고, 재욱도 파견 근무를 가면 일시적으로 연봉이 오를 테니 문제없다고 보탰다. 하지만 사실 두 사람 다 엄마가 그 제안을 받아들이지 않으리란 걸 알고 있었다.

"결혼해서 온당하게 대해주지 않은 놈이, 이혼할 때 온당하게 해줄 것 같아? 나는 내 몫을 지켜야 해. 지켜서 너희 줘야 해."

필요 없다는 말은 끝내 입 밖으로 나오지 않았다. 나이가 들면서 깨달은 것은 그나마 돈이 있었기 때문에 그런 환경에서 자라면서도 덜 불안한 인간이 되었다는 것이었다. 망나니 아버지 밑에서 궁핍하기까지 했다면 새벽에 전화를 걸어오는 세컨드들과 별반 차이 없이 불안해져버렸을 터였다. 엄마가 지키고자 하는 게 뭔지는 그래서 이해하지만, 동시에 끝없이 부정하고 싶었다. 엄마의 인생은 어느 시점부터 고정되어버렸고, 엄마를 구하기에 너무 늦어버렸다는 걸 큰딸들은 대체로 잘 받아들이지 못한다.

엄마는 재욱의 파견 근무가 결정되었을 때부터 울다가, 세 사람이 짧은 여행을 간 사이 드러누웠다가, 공항에서는 통곡을 했다. 재욱은 시간이 충분히 남아 있는데도 얼른 출국 수속을 받고 쏙 들어가버렸다.

울음을 그칠 기미가 없는 엄마를 내려주고 대전으로 돌아가며 재인은 생각했다. 이십 대 내내 가장 힘들게 배운 것은 불안을 숨기는 법이었다고 말이다. 불안을 들키면 사람들이 도망간다. 불안하다고 해서 사방팔방에 자기 불안을 던져서는 진짜 어른이 될 수 없다. 가방 안에서도 쏟아지지 않는 텀블러처럼 꽉 다물어야 한다. 삼십 대 초입의 재인은 자주 마음속의 잠금장치들을 확인했다.

돌아와서는 손톱을 깎았는데, 채 깎기도 전에 손톱깎이가 고장 나버렸다. 이젠 별게 다 고장 나네 싶었다.

*

가장 먼저 알아챈 것은 재훈이었다. 이상하게 엘리베이터가 빨리 왔다. 올라오면서 중간에 멈추지도 않았고 재훈이 서 있는 13층보다 더 높이 올라가지도 않았다. 신속하게 올라와서 13층에 멈췄다가 재훈만 태우고 내려가면 아래위 층에서 기다리던 사람들이 욕하는 소리가 들렸다. 위층이야 나중에 누른 모양인데 왜 아래층에서도 안 열리는지 재훈도 놀랐다. 처음엔 럭키하다고 생각했고, 며칠 지나자 낡은 엘리베이터가 맛이 갔다고 생각했다. 아무래도 좋았다. 여름 보충 기간에 한 번도 지각을 하지 않았다. 누나와 형이 있는 단체 채팅창에 지각 안 한다고 자랑하고 싶었지만 참았다. 몇 분 빨라졌을 뿐인데 아침 공기가 더 상쾌한 것 같았다.

그러다가 어느 날 학교에서 돌아왔을 때였다. 머릿속에 우겨넣은 마지막 교시 때문에 멍하게 엘리베이터를 기다리는데 문이 열렸다. 엘리베이터에 타서야 올라가는 버튼을 누르지 않았던 걸 깨달았다. 누가 1층을 눌러놨었나? 그럴 리가 없는데. 재훈네 아파트의 오래된 엘리베이터는 일정 시간이 지나면 자동으로 1층으로 움직이는 기능 같은 것도 없었다. 오오오, 초능력인가.

재훈은 관자놀이 양쪽에 장난스럽게 손가락을 대고 '13층!' 하고 속으로 외쳤다. 누가 CCTV를 봤으면 쟤가 뭐하나 싶었을 것이다.

그리고 정말로 엘리베이터는 올라가기 시작했다. 아, 이제 위에서 누가 눌렀나보다 했다. 그래도 장난삼아 재훈은 끝까지 버튼을 누르지 않았다. 어딘가 중간층에서 멈추겠지 했다. 그럼 그 층에 내려서 걸어올라갈 계획이었다. 살을 빼긴 빼야 하니까 말이다. 올라가는 게 내려가는 것보다 무릎에 좋다고 했다.

재훈의 예상과는 달리 엘리베이터는 멈추지 않았다. 13층에도 아무도 없었다. 응? 헤? 거짓말하지 마! 엘리베이터에 홀린 기분이었다. 내려서도 한참 닫힌 문을 돌아보았다. 엘리베이터는 내려가지 않고 가만히 멈추어 있었다. 셋 중에 가장 태평한 성격인 재훈은 이상한 일이다 싶었지만 낄낄거리며 집에 들어가 낮잠을 잤을 뿐이었다. 공부를 너무 많이 해서 착각한 모양이라고 여겼다. 어울리지 않게 열심히 했더니 뇌가 전자레인지에 돌린 스트링치즈 같았다.

그러나 다음 날 아침 엘리베이터를 노려보자마자 쏜살같이 올라와 환영하듯 문이 열렸을 때, 재훈은 쿨하게 받아들였다. 헐, 씨발, 나 초능력자였어. 엘리베이터 거울을 들여다보며 말을 걸었다. 너 왜 나한테 친한 척하냐? 나한테 왜 그래? 흥분한 재훈은 신이 나서 모든 기계와 소통하려고 했으나 그날이 다 가기 전에 오로지 엘리베이터만 해당된다는 걸 알게 되었다.

아무 빌딩에나 들어가서 해보아도 엘리베이터들과 완벽하게 교감했다. 약간 쓸모없어 보이는 능력이지만 또 몰랐다. 서울에는 고층 건물들이 가득하고 계속 더 늘 테니까.

인생이 달라지길 기다려왔다. 그렇게밖에 말할 수 없다. 재훈은 언제나 어떤 불만족 상태에 있었다. 엄마 아빠가 실수로 만든 애라서, 계획 임신이 아니라서 임신 당시 엄마 뱃속엔 주먹만 한 자궁근종이 있었다. 태아였던 재훈이 자라면서 근종도 함께 영양분을 빨아먹고 거대해졌다. 덕분에 수술로 일찍 꺼내졌을 때 재훈과 근종의 크기가 거의 비슷했다고 한다. 온 가족이 아니라고 말하긴 하지만 머리가 상대적으로 나쁜 것은 팔삭둥이라서가 아닐까 늘 의심했었다. 누나와 형만 해도 일찍부터 수학 과학 영재였고, 형은 심지어 멘사 클럽 회원이었다. 머리만 억울한 것도 아니었다. 누나와 형은 허들 선수이기도 했다. 남매가 다닌 중학교가 육상으로 유명한 학교였는데 둘 다 허들 선수로 두각을 드러냈다. 어린 재훈은 자기도 언젠가 허들 선수가 될 줄 알았다. 형의 대회를 보러 간 건 유치원 때여서 기억이 띄엄띄엄했지만 형이 뛰던 모습만은 강렬하게 남아 있다. 평소에 짓궂기만 했던 형이 다리가 긴 새처럼 날았고, 선수들이 각자의 정확한 박자를 유지하는 게 근사했던 것이다. 자라면서 형이나 누나처럼 다리가 길어질 줄 알았는데 기대와 달리 통통해지기만 했다. 재훈이 입학했을 때 육상부 선생님이 흥분해서 교실 문을 열고 재훈의 이름을 불렀다가, 재훈이 손을 들자 "너 말고 다른 재훈이 없어?" 하고 황망해하던 얼굴을 잊을 수가 없다.

"어쩌면 이름 때문인지도 몰라. 누나랑 형은 초성이 'ㅇㅈㅇ' 이잖아. 근데 나만 'ㅇㅈㅎ'이니까."

"그런가? 나는 사실 'ㅇㅅㅇ'이길 바랐는데."

"왜?"

"이상은이랑 이승열을 좋아해서. 그런 초성이면 노래를 잘할 것 같지 않아?"

누나의 늘어지는 소리에 짜증이 났다. 노래까지 잘하려고? 공부도 잘하고 허들도 잘 넘으면서? 하나쯤은 나를 위해 남겨 둬도 되잖아. 재훈은 누나랑 형이 엄마 뱃속에서 좋은 건 다 가져가고 근종만 남겨둔 게 아닐까 늘 불만이었다. 그런데 이제 묘한 능력이 생긴 것이다. 왜인지, 무슨 용도인지는 전혀 모르겠지만 어쨌든 이걸 기다려왔다. 재훈만의 특별한 것. 오로지 재훈만의 것.

재훈이 몰랐던 것은 그와 유사한 변화가 재인과 재욱에게도 일어나고 있었다는 점이었다. 알았으면 아무래도 덜 기뻤을 테다. 소통이 활발하지 않은 남매 사이여서 다행이었다.

재인은 물론 재훈에 비해 잘 받아들이지 못하고 있었다. 서른한 살이면 배스킨라빈스의 모든 맛을 한 번씩은 다 먹어본 나이였다. 단종되고 교체되는 맛까지 합치면 생각보다 더 풍부한 맛을 말이다. 꽃잎 모양 브로치를 달고 마법 소녀가 되어달라는 요청 같은 걸 받아들이기에는 확실히 늦어 있었다.

그러므로 고장 난 손톱깎이 네 개와, 못 쓰게 된 손톱줄 두 개를 내려다보며 재인이 내린 결론은 하나였다.

'병에 걸렸다.'

지난 건강검진에선 아무 이상 없었는데 불과 몇 주 전까지 잘 깎이던 손톱이 대체 왜 이렇게 된 걸까. 제일 잘 들던 손톱깎이와 사은품으로 어디에선가 얻어 와서 구석에 뒀던 것들까지 다 날이 나가고 뒤틀렸다. 줄로 갈아봤을 때는 하얀 가루가 날리기는커녕 오히려 줄에 엉망으로 스크래치가 났다. 목욕을 오래 한 다음 시도해봐도 마찬가지였다. 뭐지? 모스 경도 10 찍겠네.

전에 없이 상태가 좋은, 부러지거나 갈라지거나 일어난 부분 없이 매끈한 손톱을 내려다보며 재인은 난감했다. 흰색과 분홍색이 적당하고 말끔했다. 최근에 뭘 좀 다르게 먹었나? 피곤해서 종합비타민을 사 먹은 지 좀 되었는데 설마 그것 때문인가 싶었다. 네일숍에 가서 전문가에게 맡기거나 병원에 가볼까도 고려해봤지만 당장은 내키지 않았다.

'어쩌면 일시적인 걸지도 몰라.'

재인은 어떤 상황에서도 결코 무책임한 타입은 아니었다. 하지만 스스로에게도 설명할 수 없는 이유로, 손톱 문제를 미루기로 했다. 발톱은 또 멀쩡하게 깎여서 더 신경 쓰였다.

그리고 재욱으로 말할라치면, 그저 눈을 비볐다. 시야가 이상했다. 반복해서 붉어졌다. 오렌지빛으로 갑자기 붉어졌다가 도로 정상으로 돌아왔다. 갑자기 새로운 기후에 적응하려니 몸이 힘든가보았다. 재욱은 원래도 남매 중에 눈이 제일 나빴다. 마이너스 11 디옵터에 라식도 라섹도 안 되어서 안경과 일회용 렌즈를 번갈아 쓰고 있었다. 재인의 경우 그보다는 나아서 벌써 몇 년 전에 라식 수술을 받았고, 재훈은 희한하게 눈이 좋아서 양 눈이 1.5였다. 재인과 재욱은 재훈의 좋은 눈이 부러워 공부를 하지 않아서 그런 거라고 재훈을 놀리곤 했었다. 어쨌든 셋 중에 재욱의 눈이 제일 나빴다. 원래 타고난 게 좋지 않은 눈이라 뭔가 고장이 났구나 싶었다. 진작 증세가 있었으면 출국 전에 안과에 갈 수 있었을 텐데, 먼 휴가를 헤아리며 참을 수밖에 없었다.

부비고 나면 또 괜찮아졌고 통증이나 염증이 있는 것도 아니어서 심각하게 여기진 않았다.

*

그 밤에, 재인은 야근 중이었다. 스터러를 돌려놓고 회사의 안쪽 정원에서 믹스 커피를 마시며 바람을 쐬었다. 진공증착기 순서를 기다리는 중이었다. 회사 건물은 십여 년 전 건축 관련 상을 탈 정도로 신경 써서 지은 건물이고 정원도 예뻤다. 작은 연못 근처의 벤치가 재인이 가장 좋아하는 벤치였다. 나무가 아늑하게 둘러싼 벤치는 인기가 좋아서 야근 때에나 앉아볼 수 있었다. 이따가 실험할 걸 생각하며 별 생각 없이 벤치에 손가락으로 낙서를 했는데 주욱 긁혔다. 재인은 손톱 밑에 긁혀 난 조각이 붉게 껴 있는 걸 보고 기겁을 했다. 화장품 끼는 것도 싫어서 기르지 않는 손톱인데 빠른 속도로 자라고 있었다.

재훈은 동네에서 가장 높은 빌딩의 엘리베이터에 있었다. 꼭 대기 층엔 전망 카페가 있었으나 남자 고등학생 혼자 교복을 입고 가기 편한 곳은 아니었다. 엘리베이터를 끝까지 올리지 않고 반 층 걸쳐둔 채 멈추었다. 사람들이 고장 났다고 신고하기 전에 야경을 잠시만 즐길 셈이었다.

"저기 보이는 회사들 중 아무 데에도 못 가겠지."

재훈이 자기도 모르게 말했다. 빌딩 꼭대기마다 회사 로고들이 빛나고 있었다. 사실 회사가 문제가 아니었다. 대학이 일차 난관이었다. 그렇게 공부를 잘했던 누나와 형도 그저 회사원이 되었다. 크게 행복해 보이지는 않았지만 어쨌든 재훈이 잘 모르는 세계에서 뭔가 중요한 일들을 하고 있는 듯했다. 재훈은 누나와 형이 별 무리 없이 갔던 길을 자기는 가지 못할 것만 같았다. 갑자기 심술이 났다. 대학이든 회사든 하나 떨어질 때마다 그곳 엘리베이터들을 춤추게 만들겠다고 마음먹었다.

시차가 있어서 다섯 시간 후에야, 재욱은 밤을 맞았다. 컨테이너를 개조한 숙소에서 에어컨을 틀었다. 외벽이야 콘크리트였지만 방음을 기대할 수는 없어서 옆 숙소의 에어컨 소리까지 공명했다. 에어컨 실외기들이 거대한 벌 떼 같은 소리를 내며 한꺼번에 돌아가고 있었다.

차가운 물수건을 눈 위에 올렸다. 하루 종일 열기에 시달려서 잠들기 전에 딴생각을 할 체력 같은 건 남아 있지 않았다. 재욱은 그대로 침대에 삼켜지듯이 잠들었다.

*

아랍에 간다고 말하면 사람들이 상상하는 것은 두 가지였다. 칠성급 호텔이 스카이라인을 그리는 현대적인 도시, 혹은 본 시리즈에서 제이슨 본이 껑충껑충 지붕을 뛰어다니는 흙집과 그 사이에 드리워진 이국적인 자수의 커튼이었다. 재욱이 이곳에 와서 고층 빌딩의 수영장에서 칵테일을 마시거나, 커튼 사이에 반쯤 누워 물담배를 피우고 있을 거라 생각하는 가깝고 먼 사람들에게 어디부터 설명해야 할지 머리가 아팠고 그래서 설명을 생략하곤 했다.

재욱이 일하는 R공단은 이 나라의 수도로부터 오백 킬로미터, 제2도시로부터 사백 킬로미터 거리에 있었다. 그저 사막일 뿐이어서, 모래가 끊임없이 침범하는 고속도로와 그 고속도로 끄트머리의 게이트들이 끝이었다. 여러 개의 게이트로 이루어진 커다란 공단 지역이었지만 재욱이 짓게 될 플랜트가 첫 프로젝트나 다름없어서 이내 하나의 게이트만 드나들게 되었다.

게이트 너머에도 이국적인 풍취 따위는 하나도 없고, 가건물과 컨테이너들로 이루어진 사무실과 숙소에서 사람들이 공장을 짓고 있었다. 전기와 물과 인터넷선. 그것이 핵심이었다.

"철과 돌만으로 사막에 공장을 지어."

나중에 재욱이 찾아낸 한 문장으로 된 설명이었다.

학교를 다닐 때보다도 일찍 일어나야 했다. 다섯 시 반쯤 집합해서 단체로 가벼운 체조를 한 다음 여섯 시에 일을 시작했다.

"체조라니…… 다 큰 어른들이 단체로?"

이야기를 하면 다들 놀라는 눈치지만 개인적으로 운동할 시간이 부족하다보니 나쁘지 않았다. 오전에 현장을 돌며 진척 상황을 살피고 도면 작업이나 문서 작업을 하다보면 오침 시간이 되었다. 한낮엔 그늘이 40도이고 그늘이 아닌 곳은 50도가 훨씬 넘게 올라갔으므로 오침 시간이 꼭 필요했다. 재욱 같은 사무 노동자는 두 시간, 현장 노동자는 세 시간이었다. 점심 식사를 하고 더위를 식히며 눈을 붙이고 나면 다시 오후 업무가 시작된다. 오후에는 대개 오전에 발견된 문제 때문에 공사팀이 들이닥쳤으므로 긴장을 하게 되었다.

"도면이 안 맞잖아. 설계 개판이네."

공사팀 사람들은 문을 열면서부터 화를 냈다. 플랜트는 삼조 원짜리 프로젝트였다. 실수가 한 번 날 때마다 수천만 원은 물론이고 수억까지 깨져서 민감할 수밖에 없었다. 한 사람 한 사람의 어깨에 걸린 금액이 너무 컸다. 공장 하나를 짓는 데 사십 개월이 걸린다면 그중 이십 개월은 설계에 든다. 모래 지반 위에 플랜트를 안착시킬 기초 토목 공사, 크고 작은 반응로와 기름을 저장하는 탱크, 여러 장치들 사이를 오가는 배관 루트와 펌프 류의 회전 기계 위치, 전체를 지탱하는 철골 구조, 제어 장치들을 위한 전기 공사, 오퍼레이터들을 위한 공간…… 고려해야 할 것은 끝도 없었다. 처음 입사했을 때는 집에 와서도 머릿속에 공기, 질소, 스팀, 냉각수의 길들이 꼬물꼬물 번져나갔다.

게다가 온 설계팀이 구석구석 치밀하게 계획하는데도 시공 단계에서 어이없이 틀어질 때가 많았다. 파견을 와보니 최초의 설계도면 위에서는 존재하지 않던 문제들이 매일매일 터졌다. 구매하려던 자재를 막상 구할 수 없다거나, 엉뚱한 배관들이 부딪치기도 하고, 어디서부터 어긋났는지 높이가 안 맞기도 했다. 원인이라도 알면 괜찮은데 가끔은 원인조차 알 수 없었다.

현장 설계자는 트러블슈터였다. 학부 때부터 트러블슈터란 말이 좋았다. 클레이 사격 같은 걸 떠올렸던 것이다. 문제들이 공중에서 그렇게 상쾌하게 산산조각 나면 좋겠다고 말이다. 설계팀에서 가장 어린 재욱은 특히 고생을 했다. 초반엔 이렇게까지 싸워야 하나 싶을 정도로 험악한 분위기였던 것이다. 그러다가 몇 건의 설계 문제를 효율적으로 해결하자 겨우 공사팀과 설계팀 사이 격했던 분위기가 소강상태에 이를 수 있었다. 결국은 기 싸움이었다. 재욱은 몰랐지만 설계팀은 공사팀을 언제나 약간 무시해왔고 공사팀은 설계팀이 책상에서 도면만 그릴 줄 알지 아는 게 없다고 비아냥거려왔다. 상대 팀에 신입이 들어오면 괴롭히는 전통이 있었던 것이다. 그 괴롭힘을 그나마 빨리 벗어나서 다행이었다.

그렇게 도면을 들여다보고, 현장을 다니고, 회의를 하는 도중에 재욱의 시야는 자꾸 붉어졌다. 선글라스가 없으면 땅만 보고 걸어야 할 만큼 눈이 부신 곳이었으므로 뭔가 문제가 생겼다는 건 알고 있었지만 약할 때는 부분 부분 붉은 점이 생겼고 심할 때는 셀로판지를 댄 것처럼 전체가 다른 색으로 보였다. 차이가 어디서 오는지 재욱은 궁금했다. 그날그날의 컨디션과도 별로 상관이 없었으니까 말이다.

R공단에서 일한 지 두 달 만에, 재욱은 드디어 패턴을 깨달았다. 패턴은 재욱의 바깥에 있었다. 설계와 실제 사이의 간극이 클수록, 잘못 시공되었을 때의 위험이 클수록 시야가 붉어진다는 것을 깨닫고 작게 탄성을 질렀다. 재욱의 눈에 언젠가부터 트러블 감지기가 내장되어 있었던 것이다.

이거 편리하잖아, 재욱은 생각했다.

제일 늦게 새로운 능력을 알게 된 것은 재욱이었으나 제일 많이 사용한 것도 재욱이었다.

*

　재인이 졸업한 대학교의 박물관 계단 아래는 한 쌍의 돌 해태가 있었다. 익살스럽고 소박한 조각이었고 그다지 크지도 눈에 띄지도 않았다. 대단히 가치 있거나 오래된 조각이 아니어서 밖에 내둔 것일 터였다. 그런데 어느 날 재인의 동기 한 사람이 말했다.

　"재인이 이 해태 닮았다."

　으잉, 하고 재인은 해태 한 쌍을 바라보았다.

　"오른쪽, 왼쪽?"

　"왼쪽."

　그러고 보니 닮은 듯도 했다. 어디가 닮았는지 콕 집을 수는 없었지만 말이다.

　"해태 눈깔이야, 나?"

　"굳이 어느 부분이냐면 코. 재인이는 코가 범 코야."

　"코라니, 미묘한데."

　그래도 거울을 들여다보면 수긍할 만했다. 동기와는 졸업 후 연락이 뜸해졌지만 어디선가 귀여운 해태 조각을 볼 때마다, 혹은 해치 캐릭터를 볼 때마다 사진을 보내왔다. 재인은 해치 캐릭터 사업이 성공적이지 않아 팔리지 않고 산더미처럼 쌓여 있는 인형들을 볼 때마다 안타까웠다. 그것도 서울에 올라갈 때의 일이지만 말이다. 자꾸 해태를 보면 공감하게 되는 자신이 놀라웠다. 이를테면 '해태 눈깔'이란 말을 싫어하게 되었고, 회사 과장님이 구내식당의 해태 닮은 아줌마가 불친절하다고 투덜거렸을 때 자기도 모르게 약간 욱했다. 해태를 닮은 사람들을 대표하기라도 할 것처럼.

석사를 끝마치고 시작한 직장 생활은 나쁘지 않았다. 분위기가 그렇게 험하지 않은 부서였다. 손에 꼽히는 대기업들의 사무실에서 칸막이 너머로 온갖 욕설이 난무한다는 것은 익히 알려져 있다. 사실 부끄러운 일이라고 재인은 생각하곤 했다. 아무리 밖에서 보기 번듯하고 조건이 좋은 큰 회사라 해도 육두문자가 난무하는 곳에서는 제정신으로 일할 수 없을 것 같았다. 일할 때만이라도 안정적인 공기 속에 있고 싶었고, 그런 면에서 직장 운이 좋았다. 연구단지 특유의 분위기도 있었고 사람들을 잘 만나기도 했다. 재인의 팀은 재료를 연구하는 팀과 제품을 만드는 팀의 중간쯤에 위치해 있었다. 오래, 효율적으로 빛나는 조명을 만드는 게 목표였다. 과제가 잘되면 서로 숟가락을 올리려 신경전을 벌이기도 했지만 큰 갈등 없이 유기적으로 일했다. 좋아하는 일이라서 열심히 했다. 정 피곤할 때는 잠시 실험실 바깥에 스펀지 슬리퍼들을 방석 삼아 쌓아두고 졸 때도 있었다.

대전은 해태를 닮은 아가씨가 살기에 쾌적한 곳이었다. 밤에는 멀리서 보이는 엑스포 아파트도 멋있고 유명한 야구선수들이 산다는 스마트 시티 불빛에도 종종 감탄하곤 했다. 사실 연구단지와 기숙사 쪽은 인적도 드물고 쓸쓸했으나 룸메이트인 경아와 마음이 잘 맞아 함께 잘 돌아다녔다. 경아는 아버지 직장을 따라 전국을 옮겨다니며 자랐다는데, 대전에서는 고등학교 시절을 보내서 재인에게 구석구석 좋은 곳을 많이 안내해주었다. 재인 혼자서라면 몰랐을 곳들을 말이다.

경아는 언제나 입에 뭔가를 물고 있는 듯한 귀여운 인상이었고, 가벼운 갈색으로 염색한 머리가 원래 머리색보다 훨씬 잘 어울렸다. 재인보다 머리 하나가 작았는데 발목이 가늘어서 남들은 팔에다 하는 실 팔찌를 발목에 하고 다녔다. 아무래도 연구원들이다보니 복장이 자유로웠다. 소장님도 라이더 재킷을 입고 다니실 정도니 말이다. 본래 권장되는 '비즈니스 캐주얼'이 느슨하게 해석되는 편이라, 두 사람은 심심하면 쇼핑을 다녔다. 계절별로 룸메이트 티셔츠를 맞추기도 했다. 그날 눈에 띄는 가장 웃긴 티셔츠를 사는 것이었는데 주말에는 주로 그걸 입고 굴러다녔다. 경아는 스몰 사이즈였고 재인은 팔다리가 길어서 미디엄이었다.

"잰잰은 모델 같아."

경아는 매번 부러워했다. 실제로 재인은 고 앙드레 김 선생에게 모델로 발탁될 뻔한 적도 있었다. 재인 스스로는 만족하는 편이었지만 그래도 경아처럼 귀여운 타입이 모두의 타입이라고 생각했다.

"너 그러다가 평생 걔랑 살겠다?"

엄마는 경아를 예뻐하면서도, 경아 얘기가 나올 때마다 불안해했다. 본인은 결혼에 처참하게 실패해놓고 어째서 재인은 성공할 거라 믿는지 알 수 없었다. 경아에게는 원거리 연애 중인 남자친구가 있다고 이야기해주자 더더욱 불안해했다.

"걔는 콩알만 한 게 실속 있네. 너는 퍼석하기가 그지없어. 실속 없는 년."

재인으로서는 엄마가 경아를 콩알만 하다고 말하는 게 재밌었다. 사실 엄마와 경아는 키가 거기서 거기였기 때문이다. 콩알만 한 경아와 부지런히도 다녔다. 대전에서 출발하면 웬만한 곳은 세 시간 만에 갈 수 있었다. 1박 2일 국내여행의 출발지로 최고였다. 당일치기로도 갈 만한 곳이 많았다. 안면도의 조용한 해수욕장에도 다녀오고 수안보에도 가고 문경새재에도 가고 계룡산에도 갔다. 계룡산 갑사는 동학사보다 호젓하고 산책하기 좋았다. 두 사람은 금산 하늘물빛정원을 특히 좋아했다. 엄마가 좀처럼 몰지 않는 소나타를 아예 대전으로 가지고 와서 드라이브용으로 잘 썼다.

시내에 나갈 때는 주차가 번거로워 버스를 이용했다. 재인은 점점 '대저너'가 되어가는 자신을 느꼈다. 경아가 대전을 소개해주는 방식이 좋았다.

"저기 떡볶이 집은 캡사이신 맛만 나고 감칠맛이 없어. 진짜 잘하는 데를 알려줄게. 국물 떡볶이는 어때?"

"변비가 심해질 때는 과학관에 가서 지진체험기 위에 올라가 봐. 정말이야, 다음 날 확실해."

"엑스포 다리 옆에서 맥주를 마시기 좋은 저녁이지 않니?"

"저 맥도널드가 내가 처음으로 좋아했던 오빠랑 새벽에 갔던 그 맥도널드야."

"그 빵집은 대표 메뉴보다 다른 빵이 더 맛있어."

"시립 미술관도 좋지만 그 옆에 이응로 미술관은 꼭 가봐야 해."

두 사람은 은행동과 둔산동과 대흥동을 여고생들처럼 쏘다녔다. 맛집 지도, 산책 지도가 머릿속에 그려졌다. 경아가 없을 때에도 대전이 편안해지고 자연스러워졌다. 서울에서 태어나고 서울에서 자라서 서울에서 계속 살 줄 알았던 재인은 대전에 익숙해진 자신이 가끔 신기했다. 가볍고 기분 좋은 신기함이었다.

서울의 어두운 곳 없이 환한 밤이 그리울 때는 여전히 있었다. 늦게 퇴근하는 날 사람이 별로 없는 거리를 혼자 걸어야 할 때면 그랬다. 대신 훨씬 깊이 잠들었다. 피곤해서이기도 했겠지만 서울보다 조도가 낮은 도시에서는 잠의 질이 좋았다. 새벽의 소음도 거의 없었다. 재인은 대전의 가장자리에서 푹 잠들었고, 아침을 잘 챙겨 먹었다. 엄마 집에 사는 것보다 더 잘 지내고 있다는 생각이 들 때면 스스로가 대견스러웠다. 그래서 서울에 가는 주말이 점점 줄어들었다.

*

재훈과 엄마, 단둘의 공동생활은 짧게 끝이 났다. 엄마는 고등
학생 뒷바라지를 할 에너지가 없었고 재훈은 엄마의 업다운을
감당할 수가 없었다. 어느 날 엄마가 신문에 난 교환학생 프로그
램 광고를 보고 재훈에게 상의도 하지 않고 대뜸 신청을 해버렸
다. 믿을 만한 대규모 프로그램이라는데, 재훈으로서는 기가 막
혔다. 당장 다음 달에 미국에 가라니 말이다.

"그렇게 홈쇼핑에서 물건 사듯이 내 일을 결정하면 안 되지!"

"고심해서 결정한 거야. 너 방학 내내 잠만 자잖아."

"고심은 무슨 고심, 하루 만에 충동 구매한 거잖아. 아무리 내
가 귀찮아도 그렇지, 늦둥이를 낳아놨으면 책임을 지란 말이야!"

"이게 엄마한테 못 하는 말이 없어!"

한참 퍼붓고 나서 생각해보니 아주 나쁠 것도 없을 것 같았
다. 재훈의 중학교 친구들은 이미 많은 수가 외국에 있었다. 재
훈은 학교를 좋아했지만 어디까지나 사교의 장으로 좋아했을
뿐이었다. 그래서 엄마와 휴전을 하고 얌전히 교환학생을 가보
기로 했다.

문제는 아무도 재훈을 원하지 않았다는 데 있었다. 정확히는 호스트 가족들이 동아시아 지역의 남자아이를 원하지 않았다. 주최 측에서 배정을 하는 게 아니라 호스트 가족이 직접 학생을 고르는 시스템이었다. 기껏 마음을 먹었는데 힘 빠지는 일이 아닐 수 없었다. 여자아이들은 대리석 기둥이 근사한 LA의 대저택이나 뉴욕의 로프트로 잘도 당첨되어 갔는데 여름이 끝나갈 때까지 재훈을 고르는 집은 없었다. 앞서 프로그램에 참가했던 남자애들이 대체 뭘 어쨌는지, 자기 관리도 못하고 비협조적이라는 평가가 내려져 있었다.

　"가기 전부터 차별이잖아. 이게 뭐야."

　재훈이 성토하자 오랜만에 집에 올라온 재인이 흐흥, 하고 비웃었다.

　"틀린 말은 아니잖아. 네가 욕실 앞에 더러운 속옷 벗어두고 안 치우는 거나 쓴 치실 그대로 세면대에 버려두는 거, 같이 살 때 엄청 스트레스였어. 뒷정리 못하는 것도 그 정도면 병이야. 아들 아들, 하며 못나게 키우니까 외국에서 환영 못 받잖아. 같이 생활할 수 없을 정도란 평가라니, 쪽팔린 거야."

　"내가 그렇게 키웠니? 저가 그렇게 큰 거지. 너 말은 똑바로 해라."

엄마가 끼어들었다.

"엄마도 그랬지. 쟤 아무것도 못한다며 아무것도 안 시켰잖아. 못해도 시켜서 가르쳤어야지. 꼭 엄마만 그렇다는 게 아니라 진짜 대한민국 엄마들은 봉준호의 〈마더〉를 세 번씩 봐야해. 엄마랑 아들들 사이가 이상하게 병적이란 말야."

"우리 집은 꼭 그렇지도 않잖아."

재훈은 억울했다. 욕실을 깨끗하게 쓰지 못한 것은 사실이지만 배려심이 없어서라기보다는 바쁜 등굣길에 마음이 산란해서였는데 누나는 매번 길길이 화를 냈다. 자꾸 뒤처리를 못하고 실수를 하는 건 누나에겐 있는 강박이 재훈에게는 없어서가 아닐까, 어느 정도의 강박은 아무래도 성취도에 긍정적인 게 아닐까 싶었다.

호스트 가족의 선택을 받지 못해 신청을 철회하고 2학기에 그대로 학교에 나가야 할 줄 알았는데, 마감일을 코앞에 두고 연락이 왔다. 조지아의 염소 농장에서 재훈을 골랐다고 했다.

"조지아?"

검색을 해보니 남북전쟁 때 노예제도를 마지막으로 없앤 보

수적인 남부 주였다. 사우스 중에서도 딥 사우스(deep south)
라고 했다.

"염소 농장?"

재훈은 염소를 동물원에서 본 게 다였다. 메일로 온 주소를
위성지도로 쳐보니, 농장인지 뭔지 모를 어두운 갈색 지붕밖에
보이지 않았다. 손가락을 아무리 옮겨봐도 정말이지 아무것도
없는 동네였다. 눈을 씻고 봐도 고층 건물이 없었다.

"엘리베이터가 없잖아!"

그게 뭐, 하고 엄마가 멀뚱히 재훈을 쳐다보았다. 그 시선의
건조함에 재훈은 생각했다. 병적인 사랑 한번 받아봤음 좋겠네.

친구들과 급박한 송별회를 하고, 애용하던 엘리베이터들과도
작별인사를 하고 삼 일 만에 짐을 싸서 조지아에 왔다. 와서 열
어보니 후줄근한 티셔츠들밖에는 들어 있지 않았다.

-누나, 나 옷 좀 사서 보내주면 안 돼?

-목화 산지에 가서 왜 옷을 사 보내래. 거기서 아메리칸 코튼
사 입어.

호스트 부부는 누나보다 한 살 어린 동갑내기 부부였다. 아

이는 없었다. 남편인 론 쪽은 미군 통신병으로 곧 이라크 파병을 앞두고 있었고, 부인인 케일라 쪽이 남아 농장을 돌본다고 했다. 두 사람 다 강한 햇살 아래 지내서인지 나이보다 성숙해 보였다. 여기서는 선크림을 열심히 발라야겠구나, 평소 누나나 엄마가 사 준 화장품을 던져놓기만 했던 재훈이지만 정신이 번쩍 들었다. 일 년 동안 조지아의 햇살을 받으면 스물몇 살처럼 보이게 될지도 몰랐다.

농장은 한눈에도 영세해 보였다. 난생처음 보는 칠면조가 몇 마리 돌아다니고 있었고 염소우리와 토끼우리가 그나마 컸다. 뜬금없이 말도 한 마리 있었다. 재훈이 오기 전에 상상했던 기업형 농장과는 거리가 멀었다.

"염소 먹어요?"

"먹기도 하지만 주로 젖 짜."

"토끼는요?"

"토끼는 식용."

"말은요?"

"말은 안 먹지."

론 아저씨가 개들이 묶여 있는 곳으로 재훈을 데려갔다. 까만 개가 세 마리 있었다. 엎드려 있던 개들이 일어서는데 어찌나 큰지 재훈의 가슴까지 왔다. 개들이 흥분하는 바람에 묶여 있던 말뚝이 땅에서 뽑힐 것처럼 위태로웠다.

아, 나 이거 알아. 이거 본 적 있어. 그거다. 〈슈퍼내추럴〉에 나왔던 거. 케르베로스!

재훈은 자기도 모르게 뒤로 물러섰다.

"아직 낯설어서 저래. 며칠 후엔 풀어둬도 괜찮을 거야. 겁낼 것 없어."

세 마리 중 한 마리는 푸들이라고 했다. 재훈은 그제야 깨달았다. 지금까지 자신이 봐왔던 푸들은 미니어처 푸들이었단 걸. 진짜 푸들은 따로 있었다. 털 관리를 제대로 해주지 않아서 엄청나게 야성적이었다. 거의 곰에 가까웠다.

며칠이 지나도 재훈과 개들이 영 친해지지 못하자, 아줌마와 아저씨는 근처 다른 농장에서 강아지를 한 마리 데리고 왔다. 그럴 것까지 없었는데 이 동네에서는 개를 데리고 오는 게 대수롭지 않은 일인 모양이었다. 강아지라고는 해도 원래 덩치가 큰 종인지 아주 작지는 않았다.

"자, 어때, 얘는 작잖아. 얘하고는 친해질 수 있겠지?"

조금 용기가 들 뻔했는데, 그날 저녁에 케일라 아줌마가 그 강아지에게 물려 응급실에 갔다. 아무래도 조지아의 개들하고 친해지기는 쉽지 않을 듯했다.

*

-형, 염소 고추 본 적 있어?

자다가 이상한 메시지에 깨버렸다. 동생이 아직까지 시차 계산을 못하고 있는 게 틀림없었다. 무시하고 자려다가 재욱은 애써 답장을 했다.

-아니. 왜?

-진짜 이상하게 생겼어. 으아아아.

-다 비슷하지 않나?

-아니야. 빨갛고 돌돌 말렸어.

-신기하네.

자라, 동생아. 자라. 재욱은 어디서 채팅을 끊어야 할지 망설였다. 잠자기도 아까운 시간에 염소 고추 얘기를 하고 싶지는 않았다.

-사진 찍어 보내줄까?

-아니, 됐는데.

-왠지 나만 보기 억울해서.

-잘 지내고 있어?

-응, 고양이가 두 마리 있는데 자꾸 내 침대에서 자. 근데 얘
들이 낮에는 하루 종일 농장에 돌아다니는 애들이거든. 그래서
뭘 묻혀 왔나봐. 나 몸에 이상한 두드러기가 나. 사진 찍어 보내
줄까?

-아니, 내가 봐서 어쩌게. 연고 같은 거 발랐어?

-연고는 발랐어.

-효과 있어?

-조금 덜 간지러운 거 같아.

-그럼 곧 괜찮아지겠지. 자.

-형 자는구나. 잘 자.

자꾸 이상한 사진을 보내려고 하는 동생의 공격을 막아내다
보니 잠이 깨버렸다. 다시 잠들기 그른 것 같았다. 약하게 에어
컨을 틀고 잤는데도 일어나보니 땀투성이였다. 해가 뜨지 않은
시간이지만 어제의 열기가 남아 있었다. 처음에 왔을 때는 샤

위를 몇 번씩이나 해서 피부가 갈라질 정도였다. 아직도 그렇게 씻는 사람들이 있지만 재욱은 금방 포기한 편이었다. 아예 포기하니 편했다. 약간 더러운 것쯤은 신경 쓰지 않을 수 있었다. 내 몸의 냄새, 다른 사람 냄새까지도 이제는 괜찮았다.

숙소에 돌아와 쓰러져 자기만 했던 시기도 지나서, 업무 시간이 끝나면 족구도 하고 포커도 하고 그랬다. 아무래도 족구를 하면 또 땀이 났으므로 포커를 선호했다. 가끔 현장 소장님이나 프로젝트 매니저님이 합류하면 판돈이 껑충 뛰었다. 매달 물값 명목으로 환산하면 오십만 원 정도 되는 현지 돈이 나왔는데 그 돈이 주로 포커 판에서 돌았다. 재욱도 한국에 있었더라면 한 달 생활비였을 돈을 걸 때가 있었지만 현실감이 없었다. 돈을 쓸 일이 없는 곳에서의 돈은 느낌이 달랐다. 현지 돈과 한국 돈이 섞여서 오락가락하는 걸 보고 있으면 보드게임에서 쓰는 가짜 돈 같았다. 다행히 재욱은 별로 크게 잃지 않고 가끔은 따기도 했다.

한참 포커를 치다가 방에 돌아와보니 문에 포스트잇이 붙어 있었다. 소포를 찾아가라는 메모였다. 온 줄 모르고 며칠이나 그냥 둔 모양이었다. 그도 그럴 것이 재욱으로서는 처음 받는 소포였다. 내용물의 가치보다 배송료가 더 많이 나오기 마련이라, 가족들과 여자친구에게 웬만하면 보내지 말라고 미리 말해 두었기에 기대 밖이었다. 바로 가지러 갈까 하다가 너무 늦은 것 같아 관두었다. 메모 앱의 할 일 목록에 소포 찾기를 추가해 두었다. 역시 여자친구가 보냈을 확률이 높았다.

막상 다음 날 짬이 났을 때 찾은 소포는 보낸 사람도 내용물도 재욱의 예상과는 달랐다. 모르는 주소에서 온 거의 텅 비다시피 한 상자에는 엠보싱으로 두 겹 싸여 있는 레이저 포인터가 들어 있었다. 그것과 함께 명함보다 약간 큰 종이에 메시지도 있었는데 무슨 의미인지 도무지 알 수 없었다.

Save 2.

그렇게만 적혀 있었다. 이것은 누구의 번거로운 장난인가. 재욱이 더 이상 장난스러운 사람이 아니어서 그 사라진 부분을 일깨우려고 한 것일까. 유머였다면 전혀 캐치하지 못했으므로 실패였다. 희미하게 남아 있는 보낸 사람 주소는 충청남도의 어딘가였는데 뒷부분은 보이지 않았다. 재욱은 상자를 버리고 레이저 포인터와 메시지만 안쪽 주머니에 챙겨 넣었다. 그리고 바쁜 하루가 계속되었다.

저녁을 먹고 나서야 레이저 포인터가 다시 생각났다. 컨테이너 숙소에 발코니 따위는 없었으므로 환풍기 옆으로 좁게 열리는 창문을 열고 사막을 향해 레이저를 쏘아보았다. 생각보다 강하게 뻗어나갔다. 잘못했다가는 눈을 다치게 할 수도 있을 것 같았다. 이런 물건이 규제도 없이 나온단 말인가, 재욱은 당황해서 어느 나라에서 만든 물건인지 레이저 포인터를 살폈지만 그런 표시도 없었다. 끝도 없이 굵은 선으로 뻗어나가는 레이저는 그래도 잠이 오지 않는 밤 시간에 자주 손이 가는 물건이었다. 재욱은 그날 이후로 누가 보냈는지도 모르는 레이저를 사막 끝으로, 혹은 잘 모르는 별자리로 끊임없이 쏘아 보냈다. 그림을 그리듯이 흔들 때도 있었다.

*

재인도 소포를 받았다. 재인의 경우에는 여는 순간부터 한 번도 장난이라는 생각이 들지 않았다. 포장 안에는 손톱깎이가 들어 있었던 것이다. 재인은 성급하게 손톱깎이를 쥐고 화장실로 달려갔다. 칸 안에 들어가서 얼른 깎아보니 손톱이 깎였다. 저도 모르게 약간 울컥하는 소리가 나오고 말았다. 실험용 장갑은 쉽게 구멍이 나는 물건은 아니었지만 장갑 끝이 약간 위태로울 정도로 손톱이 자라나서 스트레스를 받던 중이었다. 아가씨들은 그렇게 기르나봐, 하고 점심을 같이 먹다가 부장님이 지나가는 말을 하기도 했는데 어쩐지 톤이 별로 좋지 않게 들렸다. 드디어 손톱이 깎인다. 누군가 제대로 깎이는 손톱깎이를 보내주었다.

누가?

안도감이 가시자 재인은 정신이 번쩍 들었다. 누가 내 손톱 문제를 알고 있었단 말인가. 아무에게도 말하지 않았는데. 마음 같아서는 열 손톱을 다 깎고 싶었지만 꾹 참고 자리로 돌아왔다. 카디건 주머니에 손톱깎이를 넣고 돌아오는데 괜히 손톱깎이가 그 안에서 사라질 것만 같아서 새끼손가락에 체인을 감아 쥐었다.

자리에 돌아와서 다시 상자를 살펴보니, 작은 미색 종이가 한 장 들어 있었다.

Save 1.

손톱깎이 제조사 이름은 아닐 것이었다. 우연히 함께 포장된 종이라기에는 너무 고급이었다. 레스토랑의 메뉴에 쓰이는 그런 종이었다. 상자에 남아 있는 주소를 검색해보았다. 아직 다 깎지 못한 긴 손톱이 키보드를 긁는 소리가 시끄러웠다. 그 주소엔 건물이 없었다. 도로 옆 공터일 뿐이었다. 대충 아무렇게나 쓴 주소인 모양이었다. 퇴근 시간까지 일이 잘되지 않았다.

집에 돌아오자마자 손톱을 마저 깎았다. 단단한 손톱은 중간에 부러지지도 않고 달 모양으로 떨어져나왔다. 깎는다기보다 오려내는 것에 가까웠지만 기분이 그렇게 좋을 수가 없었다. 손톱 밑의 부드러운 살을 손가락끼리 쓸어보았다. 상쾌함에 만족해버리면 안 돼, 생각을 해야 해, 재인은 가벼운 재킷을 다시 집어들었다.

재인에게는 비밀스러운 싱킹 플레이스(thinking place)가 있었다. 대전 사람들은 웃고 말겠지만 엑스포 공원이었다. 연구단지에서는 차로 이십 분쯤 걸렸다. 대전 엑스포를 기억하는 사람들에게는 쓸쓸하게 느껴질 정도로 낡고 휑하고 멈춰 있는 곳이었지만 그래서 생각하기에는 더 좋았다. 넓은 주차장에 차를 대고 나면 꿈돌이가 맞아주었다. 어릴 적 재인에게는 꿈돌이가 서핑을 하는 작은 큐브가 있었다. 밀도가 다른 액체를 이용해 바다를 작게 재현한 장난감이었는데 꽤 좋아했었다. 그 작은 바다는 어디에 버려졌을까. 버린 기억도 없는데 사라졌다. 그렇게 많이 생산되었던 꿈돌이 상품들이 지금은 어떤 운명을 맞이했을지 가끔 궁금했다.

입구에서 조금 더 걸어들어가면 얼굴이 처참하게 뜯긴 공룡이 나왔는데, 어차피 공원 리모델링이 목전이라 그대로 방치된 것이었다. 공룡에 대한 새로운 발견들, 이를테면 화려한 색상이나 깃털이 요즘 모형들에는 반영되고 있나 그것도 궁금했다. 공룡을 지나치면 데면데면한 얼굴로 서 있는 퀴리 부인과 넋을 놓고 앉아 있는 뉴턴, 거대한 전화기에 턱을 괴고 어째선지 약간 바람둥이 같은 얼굴을 한 벨, 아슬아슬하게 헐벗은 채 욕탕에서 힘차게 일어선 아르키메데스가 나온다. 테크노피아관의 'C'와 'O'의 움푹한 부분에는 새 둥지가 지어졌다. 열려 있는 관도 몇 개 없고 전시품들은 거의 고장 나 있다. 그래도 엑스포 다리와 한빛탑은 볼 때마다 반가웠고, 문을 닫은 지 오래된 녹슨 놀이 공원은 대전 연인들에게 호러 데이트 코스로 인기가 좋다고 했다. 엑스포 공원의 철거가 몇 번이나 미뤄져서 재인으로서는 좋아하는 산책 코스를 유지할 수 있었는데, 그것도 얼마 남지 않은 듯했다. 이 넓은 부지를 이대로 둘 수는 없는 일일 테니까 말이다. 언젠가 공사가 정말로 시작되면 꽤 섭섭할 것 같았다.

공터에 세워졌던 키즈풀도 지난주까지였으므로 사람이 평소보다 더 적었다. 재인은 걸었다. 모르는 사이 비가 왔었는지 바닥이 살짝 젖었다 말라가고 있었다. 어제까지 재인의 문제는 주체할 수 없이 강력하게 자라난 손톱이었다. 오늘 알 수 없는 이가 알 수 없는 곳에서 손톱깎이를 보내줘서 그 문제는 해결되었다. 완전히 해결되었다고 하기에는 충분치 않았지만 일단은.

마음속에서 불안하게 출렁이는 것은 무엇인가. 위벽을 긁는 미진한 느낌은 어디에서 오는가. 머리를 묶었다 풀었다를 반복했다. 손목에 하고 다니던 고무줄이 느슨해졌으므로 자꾸 다시 묶어야 했다. 그새 머리가 너무 길었다. 숱이 많은 재인의 머리는 길이만 자라는 게 아니라 옆으로도 풍성해지는 것만 같았다. 재인은 어릴 때부터 다니던 서울 집 근처의 단골 미용실을 떠올렸다. 대전에 익숙해지고 나서도 머리는 어쩐지 그곳에서만 하게 되었다. 두어 번쯤 대전에서 머리를 했을 때는 외도를 한 기분이었다.

한빛탑을 천천히 돌아나와 모노레일을 올려다보았다. 엄마와 재욱과 함께 어릴 때 탔던 그 모노레일이었다. 만약 엄마가 재인과 재욱의 손을 끌고 엑스포에 데려가지 않았더라도, 그래도 똑같이 실험반에 들고 경시대회에 나가고 재료공학을 전공했을 것이다. 크게 바뀔 것은 없었다. 인생을 바꾼 경험은 아니었다. 하지만 소중한 기억이었다. 기억만은 철거되지 않는다.

결국 재인이 할 수 있는 것은, 해야 하는 것은 실험이 아닐까? 어떤 실험을 해야 하는 것인지 재인은 혼란스러웠다. 세이브 원, 하고 아무 부연 설명도 없이 단순한 메시지가 왔다. 단어하나와 숫자 하나. 꼭 파일 이름 같았다. 만약 지시라면 명확한쪽이 좋은데…….

그러다 번뜩 떠올랐다. 꿈돌이 머리에 달린 별처럼 번뜩 말이다.

잘라낸 손톱.

잘라낸 손톱으로는 어떤 실험을 해야 할까?

*

한 학년이 열여덟 명뿐인 기독교 학교였다. 재훈에게는 낯선 천사 이름이 학교의 이름이었다. 물론 학생들은 천사와는 거리가 멀었다.

공부는 의외로 따라가기 어렵지 않았다. 아직 말이 트이지 않았지만 수업을 듣거나 시험지를 읽는 건 큰 문제없이 할 수 있었다. 한국 쪽이 진도가 빠른 수학은 물론, 미국 역사 과목까지 1등을 했을 때는 살짝 놀랐다. 미국 애들은 대학 때부터 공부를 시작한다더니 진짜인가? 수학은 그렇다 쳐도 미국 역사는 너희들이 더 잘해야 하는 거 아냐? 재훈은 여러 가지가 의문스러웠다. 1등을 했다고 말하자 엄마는 기뻐했지만 누나는 '진짜 조그만 학교니까 오만해지지 말고 더 열심히 해' 하고 잔소리를 보내왔다.

성적이 잘 나와서 재수 없어 보였는지도 모르고, 말로만 듣던 인종차별인지도 몰랐지만 아무도 재훈과 점심을 먹어주지 않았다. 한 달 내내 혼자 점심을 먹었다. 혼자 점심을 먹는 것만큼 우울한 일이 어디 있냐고 투덜거리자 이번엔 형이 '나는 혼

자 먹는 점심이 더 좋던데'라고 전혀 공감하지 못한 답을 보내
왔다.

그런데 대뜸 몇몇 아이들이 와서는 미식축구팀에 들어오라
고 했다. 원래 선수였던 애가 건초 자르는 기계에 발가락이 잘
려서 경기에 나갈 수 없게 되었다면서 말이다. 결원을 채우지
못하면 지역 리그전에 나갈 수 없으니 재훈더러 나오라고 요구
했다. 막상 발가락을 세 개나 잘렸다던 그 아이는 학교에 잘만
나왔다. 걷는 것도 멀쩡해서 양말을 벗겨보고 싶을 정도였다.
재훈은 미식축구를 전혀 몰랐기 때문에 거듭 거절했으나 '그냥
있다가 패스만 해주면 돼' 하고 선생님까지 찾아와 강경하게
권했기 때문에 결국 팀에 들었다. 그대로 거절했다가는 학교생
활이 힘들 것 같았다.

오후마다 연습도 하고 보호구도 받았다. 패드를 여기저기 넣
으면 근육 같아서 거울을 보면 잠시 기분이 좋았지만 필드에
서면 곧 아득해지며 죽고 싶었다. 그저 혼란스럽기만 한 상태
에서 첫 시합에 나갔다. 근처 주민들도 응원을 오는 큰 행사였
다. 케일라 아줌마도 응원을 와주었다. 조명이 환하게 경기장을
비추어서 멋지구나 감탄했을 때 재훈은 첫 태클을 받았다. 연

습 때 하던 태클과 상대편이 몸을 날려오는 태클은 수준이 달랐다. 어깨로 허벅지에 부딪쳐 왔는데 부러지는 줄 알았다.

—트럭에 치이는 기분이었어. 경기 중반쯤엔 상대편 선수가 목이 부러졌어.

재훈은 그날 저녁 멍든 몸을 내려다보며 누나에게 메시지를 보냈다.

—뭐? 그렇게 위험한 걸 너한테 왜 시켜? 안 한다 그래.

—내가 안 하면 팀이 경기에 못 나가. 작은 학교라 사람이 없대.

—학생 경기가 그렇게 위험하단 말야?

—앰뷸런스가 와서 항상 대기하고 있어. 두 명이나 쓰러져서 못 일어났는데 응급처치 하는 동안 사람들이 기도해줘. 단체로 웅성웅성 기도하는데 애는 비명을 지르고…….

—어떡하냐.

—리그전이라 한참 남았는데 어쩌지? 나 한국 가고 싶어. 엄마한테 말 좀 해봐.

—그래도 미식축구 무서워서 집에 온다 하면 안 되지.

—더 나쁜 건 뭔 줄 알아? 이 새끼들 축구는 억지로 하게 하더니 여전히 밥은 같이 안 먹어줘.

-아직도? 나쁘다, 그건. 정말 나쁜데. 여자애들한테 말을 걸어봐. 여자애들이 더 친절하지 않을까?

-누나, 생각을 좀 해봐. 한국말로도 여자애한테 말 못 거는데 영어로 걸 수 있을 것 같아?

재훈은 머리를 썼다. 연습 상대로라도 조금 덜 아프게 태클을 할 것 같은 애를 고르기로 한 것이다. 학교에 유일한 흑인 학생이었는데 다른 부원들이 모두 식스 팩을 자랑할 때 통통한 원 팩 복부를 가지고 있었다. 키는 더 컸지만 재훈과 비슷한 몸매였다. 상대적으로 덜 아플 것 같아서 연습 줄을 설 때 그 앞에 섰는데, 얕은 꾀가 무색하게도 멀리 날아가고 말았다. 두 바퀴 반쯤은 확실히 구른 것 같았다. 어째서 같은 원 팩인데 그렇게까지 위력이 다른지 정신이 없었다. 그래도 다치지 않게 잘 굴렀는지 어디 부러진 데는 없었다. 만화처럼 굴러간 경험을 흥분해서 가족들에게 말했더니 인종적 스테레오타입을 들먹이는 것도 차별이라며 누나한테 혼이 났다.

어쨌든 그렇게 구른 덕이 있어서 혼자 밥을 먹는 날들은 끝이 났다. 다음 날 참담하게 쑤시는 몸으로 점심을 먹고 있는데 낯선 남학생이 재훈 옆에 앉았다. 보풀이 일어난 체크 셔츠를 입은 마른 남자애였다. 복고풍의 크고 각진 금속 안경테를 썼는데 일부러 그런 테를 고른 건지 그냥 촌스러운 건지 구분이 되지 않았다. 옷의 보풀이 진짜 보풀인지 일부러 워싱한 건지 구분이 어려운 것처럼 말이다. 남자애는 테이트라고 가볍게 스스로를 소개하며 말을 걸어왔다.

"어제 샘한테 부딪혀서 멀리 날아가더라."

재훈은 테이트가 일부러 천천히 말해주는 줄 알았지만 나중에 알고 보니 원래 말하는 속도가 느렸다. 테이트는 디스크 때문에 팀에 들 수 없었다며 대신해주어서 고맙다고 말했다. 재훈이 보기에는 디스크가 아니라도 테이트처럼 가느다란 뼈밖에 없는 애가 그런 경기에 끼어들었다간 큰일 날 것 같았다. 테이트는 졸업하고 나면 돈을 모아서 아시아 쪽을 여행하고 싶다며 식사하는 내내 이것저것 물어보았다. 재훈은 드디어 점심을 같이 먹을 친구가 생겼다.

테이트가 같은 동네에 산다는 개비와 피비도 소개시켜주었는데 두 사람은 스타일이 비슷했다. 포니테일이 잘 어울리고 콧등이 조금 타 있었다. 재훈은 약간 학교에 나갈 의욕이 생겼다.

농장에 돌아와서 누가 보냈는지 모를 소포를 받았을 때, 그

안에는 정체 모를 열쇠가 목걸이 체인에 꿰어 들어 있었다. 초등학생도 아니고 열쇠 목걸이라니 뭔가 싶었지만 함께 들어 있던 메시지는 금방 이해가 갔다.

Save 3.

재훈에게는 친구가 셋밖에 없었다. 염소를 세 마리 구하라는 게 아니면 그 친구들을 구하라는 걸로밖에는 해석되지 않았다. 하지만 이 엘리베이터도 없는 평평한 동네에서 무엇으로부터 어떻게 구하라는 건지 도무지 알 수 없었다.

*

가끔 앓는 밤이 있었다. 그런 밤이면 꼭 사고 때의 꿈을 꾸었다. 사실 재욱에겐 사고의 기억이 없었으므로 그것이 정말 기억인지 통증에 반응해 뇌가 만들어내는 이미지인지는 판단하기 어려웠다.

재욱의 머리카락은 아버지를 닮아 어마어마한 직모였다. 좀처럼 모양을 내기가 쉽지 않았다. 스무 살 때 파마를 시도해본 적이 있었는데 다들 "아, 스트레이트 한 거야?" 해서 돈만 날렸다. 미용사들은 그런 재욱의 모질을 두고 '가위가 튕긴다'고들 말했다. 어린 시절 아버지의 이발소에 따라갔을 때 재욱의 머리카락도 가위를 튕긴다는 이발사의 푸념을 듣고, 아버지는 어쩐지 좀 기뻐했었다. 친구의 아버지는 이마라인이 점점 올라가는 아들을 보고 기뻐한다고 하니 아버지들은 대체로 좀 이상한 걸로 기뻐하는 모양이다. 자라고 나서는 아버지와 어떤 종류의 기쁨도 나누기 힘든 상황이 되었지만, 몇 년 전 부부 싸움을 위해 들른 와중에 아버지는 재욱에게 슬쩍 포마드를 권했다. 포마드는 쉽사리 쓰기 어려운 물건이었다. 포마드가 다시 유행하고도 쓸 엄두가 잘 나지 않았다.

그러다가 머리를 정말 잘 잘라주는 미용실을 찾았다. 남자 미용사가 혼자 하는 조그만 동네 미용실이었다. 거기서 자르면 이상하게 머리가 차분하고 특별히 많이 손질하지 않아도 모양이 났다. 미용사는 수염을 잘 손질한 키가 큰 남자였는데, 상의를 미묘하게 짧게 입어서 가끔 배꼽이 보였다. 더 젊었을 때는 연예인들의 전담이었다며 색색의 알로에 같은 머리를 한 옛날 아이돌들의 사진을 보여주었다. 특별히 그 좋은 솜씨가 드러나는 포트폴리오가 아니었으므로 재욱으로서는 안타까웠다. 재욱이 느끼는 만족도에 비해 손님은 별로 없어서 예약하기도 쉬웠다. 왜 손님이 없는지 궁금해해본 적도 없는데 엄마가 알려줬다.

"거기 여장남자들만 가는 숍이랬는데."

"그럴 리가."

"아니야, 진짜랬어."

"엄마가 본 거야?"

"그건 아니지만."

"그런 특정 그룹 손님들로만 운영할 수 있는 가게가 어딨어. 남자 혼자 미용실을 하니까 사람들이 말을 지어내는 거지. 그리고 여장을 하려면 머리를 기르는 데 시간이 많이 드니까 가발이 편하지 않을까?"

아무래도 상관없다고 생각했다. 설령 정말 여장남자들의 아지트인데 재욱이 눈치 없이 다니고 있는 거라 해도 주인이 싫은 내색을 한 것도 아니고 괜찮지 않을까 했던 것이다. 머리만 잘 자르면 되었기에 한 달에 한 번씩 꼬박꼬박 갔다.

그리고 마지막으로 갔을 때, 2.5톤 트럭이 가게를 뚫고 들어왔다. 가게는 언덕 아래에 있었고 트럭은 언덕에서부터 브레이크 없이 내려왔다. 운전사는 죽었고, 미용사는 죽지는 않았지만 의식을 회복하지 못했으며, 재욱은 윈도 쪽이 아닌 가장 안쪽 의자에 앉아 있었기에 겨우 살았다. 오른쪽 팔다리가 부러졌고 뇌수술까지 받아야 했다. 몸 한쪽을 휘감는 어마어마한 흉터가 남았고 수술과 재활에 일 년이 넘게 들었는데 사실 그 시기에 대해서는 기억이 뒤죽박죽에다 띄엄띄엄했다. 나중에 듣기로는 브레이크가 고장 난 것도 운전자가 술에 취했던 것도 아니라고 했다. 심장마비나 발작의 흔적도 없었고 말이다. 원한 관계 여부를 말해줄 수 있는 미용사의 의식이 끝끝내 돌아오지 않아서 재욱은 설명이 따라 붙지 않는 불운이었다고 그 사라진 일 년을 요약해야 했다.

힘들게 회복한 재욱은 한동안 머리를 마음에 들게 잘라주는 미용사를 만나지 못했다. 머리 손질이 귀찮았기 때문에 밤에 머리를 감은 다음 아침에 비니를 쓰고 나갈 준비를 했다. 그렇게 눌러주면 좀 나았다. 다행히 머리 스타일 때문에 회사 면접에 떨어지거나 하지는 않았고 현장에 와서는 헬멧을 쓰니까 편해졌다. 너무 길면 인도인 작업반장 중 한 명인 산제이가 어릴 때 배웠다는 미용 기술로 대충 잘라주었다. 산제이의 방은 비공식 이발소였고 주로 인도인 동료들이 많았지만 한국인들도 꽤 찾아갔다. 사실 산제이가 몇 명 더 있었으므로 처음에는 방을 잘못 찾아갔었다.

"어쩌다가 다쳤어요?"

머리를 잘라주던 산제이가 재욱의 수술 흉터를 보고 물었다. 몇 번 만에 물어봤으니 계속 궁금했던 모양이었다. 재욱은 업무 관련 영어가 아닌 영어를 하려니 길고 더딘 설명을 해야 했다.

"그래도 여자들은 흉터 있는 남자를 좋아해요."

산제이가 위로 비슷한 것을 건넸다.

"그런가? 잘 모르겠어요."

재욱과 여자친구의 관계는 어려운 몇 년을 지나고 있었다. 막 사귀기 시작하자마자 재욱이 사고를 당했던 것이다. 그다음에는 각자 졸업과 취직 시즌이었다. 차라리 바빠서 계속 사귈 수 있었던 건지도 몰랐다. 두 사람 다 취직을 하고 나서는 재욱이 바로 파견을 왔으니 사귄 것은 몇 년이지만 그 몇 년의 내용물이 너무 빈약했다. 재욱은 그 비어 있는 부분을 어떻게 채워야 할지 몰라 막막했다.

"어떤 사람이에요, 여자친구?"

산제이가 다시 물었다.

"어…… 요가를 잘해요."

엉뚱한 말이 튀어나왔다. 인도 사람에게 여자친구 요가 잘하는 걸 자랑하다니 말하고도 어이가 없었다. 산제이가 활짝 웃었다. 막상 산제이는 어린 나이에 이민을 오고 뼈가 굵어지자마자 일을 시작해서 요가든 그 비슷한 무엇이든 모른다고 했다. 재욱도 그 사정을 알 것 같았다. 산유국에서 육체노동을 하는 사람은 모두 이민자들이다. 강도 높은 노동에 오래 시달려온 이민자들은 대개 최대한 몸을 사리려 했다. 그에 반해 한국 관리자들은 익히 알려져 있다시피 성격이 급하기에 인도인 노동자들과 자잘한 분쟁이 잦았다. 그런 분쟁의 가운데에서 산제이는 가끔 재욱에게 눈썹으로 인사를 했다. 지금은 분위기가 나쁘지만 그래도 당신은 싫어하지 않아, 그런 느낌으로 말이다.

두 사람은 담배 친구가 되었다. 사막에서 태우는 담배는 맛있었다. 면세 담배라 더 맛있는지도 몰랐다. 돌아가서 끊자고 마음먹었다. 재욱은 산제이가 태어났지만 이제는 그의 기억에서 희미해진 도시를 지도 앱에서 찾아 그 방향을 향해 레이저를 쏴주었다. 산제이가 또 활짝 웃었다. 소리는 크게 내지 않으면서 활짝 웃는 남자였다.

*

잘은 모르지만 이것은 굉장히 잘못된 게 아닌가.

재인은 현미경을 들여다보며 소화되지 않는 정보를 소화하려고 노력 중이었다. 잘라낸 손톱엔 세포벽이 있었다. 액포도 있었다. 있으면 안 되는 것들이 보였다. 동물세포에 그런 거 있으면 안 되잖아.

어째서 손톱이 식물인가.

보기에는 아주 멀쩡해 보였다. 자리로 돌아와서도 한참 손톱을 문지르고 있자 경아가 그 모습을 보았는지 점심시간에 슬쩍 핸드크림을 빌려주었다. 손톱에 스며들기는 하는지 재인은 오래 표면을 들여다보았다. 이건 내 손톱이 아니야. 내 손톱이 있던 자리에 심어진 전혀 다른 거야. 이질감이 들었지만 꾹 눌러 삼켰다. 눌러 삼키는 것은 첫째들의 특기였다. 식물세포라면 뭐가 좋지? 뭔가 유리할 거 아냐. 재인이 보기에 재인에게 일어나고 있는 일에는 의도가 있었다. 아주 분명한 의도가 말이다. 굳이 식물세포인 이유도 있을 것이었다.

이를테면, 배양이 쉽다든가.

좋은 각도로 접근하고 있다는 느낌이 들었다. 강도도 경도도 어마어마한 이 손톱이 재인의 손끝에만 달려 있어서는 별 효용이 없다. 한 사람의 손끝이라는 건 굉장히 좁은 면적이다. 이제 와서 무술을 배우지 않는 이상은 그저 거기 달려 있을 뿐이다. 화살촉 같은 것을 손톱 끝으로 챙, 챙 튕겨내는 상상을 잠시 해보긴 했다.

실험실과 기기들이 필요하다. 수직 기류 방식의 클린 벤치가 필요하고, 멸균기가 필요하고, 누군가에게 영양배지 만드는 법을 다시 배워야 한다. 학부 때 이후로 해본 적이 없었다. 재인은 연구단지에 흩뿌려진 선후배와 동기들을 떠올렸다. 누군가한 명쯤은 재인이 필요한 기기들을 갖춘 곳에서 일하고 있을 것이었다. 전화기 주소록의 이름들을 천천히 쓸어내렸다. 이럴 줄 알았으면 모임 같은 데 좀 열심히 나갈걸 그랬다. 한 다리, 두 다리 건너면 다 연결되어 있다. 아주 어려운 일은 아닐 것이었다.

그보다 재인에게 필요한 것은 시간이었다. 다른 사람의 수상해하는 눈길을 끌지 않고 이 문제에 골몰할 수 있는 시간 말이다. 분위기가 자유로운 편이었지만 그렇다고 딴짓을 할 수 있을 만큼 느슨한 건 아니었다. 강압적인 야근은 없어도 저녁 시간이 온전히 재인의 것이라곤 할 수 없었다. 이상한 일을 벌이다 들켰을 때 아무렇지 않을 수 있도록 핑계가 필요했다. 예상보다 그 핑계는 빨리 찾을 수 있었다. 심지어 재인의 고민들을 한꺼번에 해결해주는 핑계였다.

사내 인트라넷에 '1인 프로젝트 지원 안내' 공고가 올라왔던 것이다. 재작년인가부터 회사에 생긴 제도였다. 1인 프로젝트를 회사가 지원해주고 그 결과물에서 수익이 나면 나눠 가졌다. 1인 프로젝트라면 괜찮을 것 같았다. 쉽게 다른 사람의 눈을 피할 수 있고, 현재 하고 있는 업무에서 벗어나도 괜찮으니까.

재인은 기획서를 쓰기 시작했다. 뭐가 좋을까. 회사가 좋아할 만한 프로젝트여야 했다. 동시에 실패할 가능성이 높은 프로젝트여야 했다. 너무 성공적이어서 누가 상세히 들여다보면 낭패다. 재인은 실패를 위한 기획서를 써본 적이 없었고, 그런 걸 쓰고 있는 자신이 믿어지지 않았지만 생각보다 술술 써졌다. 몸 안의 어떤 기관에 가득 들어차 있던 거짓말이 막 쏟아져나오는 것만 같았다. 아빠 닮았네, 닮았어. 재인은 오랜만에 아빠 생각을 화내지 않으며 했다. 적절한 정도의 비아냥은 건강에 좋을지도 몰랐다. 기획서는 이틀 만에 완성되었다. '웨어러블 디바이스를 위한 바이오 재료 연구'가 기획서의 제목이었다. 떨어지면 어쩔 수 없다는 마음으로 냈는데, 다들 1인 프로젝트까지 진행하기엔 지나치게 바쁜지 미달이어서 철컥 붙었다. 평소에 하던 거 말고 다른 걸 해보라는 게 기본 방향이라 빈 곳이 많은 기획서를 두고도 아무도 꼬치꼬치 캐묻지 않았다.

"인트라넷 보니까 1인 프로젝트 한다며? 나도 도와줄까?"

기숙사에 돌아오니 경아가 반갑게 말을 걸었다.

"에이, 누가 도와주면 1인 프로젝트가 아니지."

"몰래 도와주면 되지? 필요하면 말해."

다행히 경아는 자세히 묻지 않았다. 그보다 재인이 보기에 경아는 도와줄 입장이 아니었다. 남자친구와의 원거리 연애가 상당히 위기 상황이었던 것이다. 경아의 남자친구는 대전에서 또 한참 비스듬히 내려가야 하는 남쪽의 산업단지에서 일하고 있었다.

"이번 주말에는 남자친구한테 안 가도 돼?"

"안 가, 귀찮아."

"왜 또 싸웠어?"

"만날 때마다 생글생글 웃길 바라잖아. 자기는 매번 힘들다, 죽겠다 하면서 나는 조금만 피곤한 기색이면 난리야. 데이트 할 때만이라도 좀 화사하게 있으래. 직장인이 다 시들시들한 거지, 게다가 내가 그쪽에 훨씬 자주 가는데 어떻게 생생하겠냐. 점점 이상한 걸 바라더라고."

"그게 뭐야, 연애에 대한 환상이 큰 타입인가?"

"조만간 헤어질 거 같아."

경아가 덜컥 회사를 그만두고 다른 지역으로 가버리면 꽤 허전할 거라고 늘 생각하던 재인이어서 속으로 약간 기뻤다. 그리고 기뻐하는 스스로가 나쁜 친구구나 싶었다.

"콩 도넛 먹으러 갈래?"

"아니, 아이스크림."

두 사람은 영업 종료 시간을 코앞에 둔 아이스크림 가게에서 두 사람이 먹기 어려울 만한 양의 아이스크림을 신속하게 사와서는 그날 밤 깨끗하게 먹어치웠다.

*

　재훈은 학교에서 돌아오자마자 염소우리를 치웠다. 저녁 시간을 쾌적한 기분으로 보내기 위해서는 먼저 해치우고 씻는 게 나았다. 재훈이 씻고 나면 농장 일을 더 부탁하지는 않으므로 어느 정도 눈치 게임이기도 했다. 처음에는 농장에서 쓰는 갖가지 기구들이 손에 익지 않아서 엉망으로 물집이 잡혔었다. 장갑을 껴도 마찬가지였다. 냄새 때문에도 고생했는데 일주일에 한두 번 농장 일을 도와주러 오는, 케일라 아줌마의 아버지인 페리 할아버지가 해결책을 알려주었다.

　"시가를 하나 물고 하면 돼."

　그러더니 품속, 낡았지만 근사해 보이는 케이스에서 시가를 하나 꺼내주었다. 재훈이 약간 당황해서 시가를 보고만 있자 페리 할아버지가 다시 한 번 생색을 냈다.

　"쿠바 거야. 좋은 거다."

　주변에 담배를 피우는 친구들은 많았지만 재훈은 어릴 때부터 기관지염을 자주 앓아서 별로 관심이 없었다. 형만 해도 재훈이 기억하는 한 중학교 때부터 계속 흡연자인 게 분명한데, 타고난 기관지가 다른 모양이었다. 담배를 피우다 재훈에게 들키면 빙긋 웃었지만 그 빙긋엔 누나나 엄마한테 말하면 죽여버린다는 협박이 들어 있었다.

그래도 페리 할아버지가 뿜어대는 연기에선 어딘가 달콤한 향이 났다. 염소똥 냄새보다 훨씬 나았다. 재훈은 입에 물고만 있기로 했다. 들이마셨다가는 머리가 아플 게 뻔했다. 페리 할아버지는 집에 또 있다며 시가 커터까지 빌려주고 갔다. 덕분에 재훈은 시가 하나를 오래 끊어 피울 수 있었다. 시가가 다 떨어졌을 때쯤엔 염소우리 냄새에도 익숙해졌다. 어쩌면 염소 우리에 시가 향이 배어서인지도 몰랐다. 대뜸 시가를 권하다니 이상한 할아버지였다. 나 어디 와 있는 거야. 날 대체 어디로 보낸 거야.

씻고 나왔더니 케일라 아줌마가 달걀을 사러 가자고 했다. 마트에 가는 줄 알고 따라나섰더니 목적지는 마트가 아니었다.

"미셸네 농장에 가는 거야."

"그렇군요."

"미셸은 론의 옛 여자친구야."

"그래요?"

"응, 근데 다 같이 친해."

남편의 전 여자친구와도 친하게 지내는 사이라니, 케일라 아줌마가 유난히 쿨한 건지 이 동네 사람들은 다 그런 건지 알 수 없었다. 도착해보니 집을 끼고 철망으로 공간을 구획해서 닭을 많이 키우고 있었다. 철망이 다소 허술해 보였으므로 닭들이 도망가지는 않나 싶었지만, 한국 닭보다 덩치도 크고 그다지 높이 못 나는 모양이었다. 차를 타고 올 때 조금씩 흩날리던 비가 점점 굵어졌다. 닭들이 지붕 밑으로 굴굴굴굴, 비슷한 소리를 내며 들어갔다. 미셸 아줌마에게는 초등학생쯤으로 보이는 두 아이가 있었는데 재훈을 보더니 같이 게임을 하자고 2층으로 데리고 올라갔다. 플레이스테이션도 있고 닌텐도도 있었다. 재훈은 두 아이에게 게임 솜씨를 뽐내며 아래층에서 케일라 아줌마와 미셸 아줌마가 이야기를 나누는 소리에 가끔 귀를 기울였다. 두 사람은 정말로 나눌 이야기가 많은지 즐겁게 대화를 이어갔다. 와중에 점점 배가 아파왔다.

재훈이 미국 남부 음식에 대해 이해할 수 없는 부분이 있다면 그레이비를 믿을 수 없이 남용한다는 것이었다. 처음에는 대체 그레이비가 뭔지 몰라 당황했는데 찾아보니 육즙으로 만든 소스는 뭉뚱그려 그레이비라 부르는 모양이었다. 그런데 이걸 아무 데나 다 끼얹었다. 감자에도 끼얹고 샐러드에도 끼얹고⋯⋯. 채소를 별로 좋아하지 않는 재훈이었는데도 채소가 그리웠다. 채소는 채소대로 먹고 싶었다. 게다가 어딜 가나 음료는 아이스티였다. 맛있긴 했지만 설탕이 무진장 들어 있었다. 남부의 설탕 인심이란 후했다. 기름진 것과 단 것을 많이 먹다 보니 결국 빠른 시간 내에 장이 나빠지고 말았다.

"화장실 어딨어?"

재훈이 결국 그 집 아이들에게 물었는데, 두 아이가 자꾸 닭장 옆 공터를 가리키는 것이었다. 애들이 장난을 치나 싶어 1층으로 내려가 미셸 아줌마한테 물었더니 이번엔 아예 삽과 우산을 주었다. 재훈이 황망하게 미셸 아줌마와 케일라 아줌마를 번갈아 쳐다보았다.

"공사를 새로 해야 하는데 바빠서 못했어. 그럭저럭 없이 지낼 만하더라고. 미안한데 저기 가서 삽으로 좀 판 다음에 해결하고 다시 덮어.”

화장실이 없다고? 닌텐도도 있고 플레이스테이션도 있고 게임 전용 플랫 스크린도 있는데 화장실이 없다고? 설마 외국인이라 화장실을 빌려주기 싫은 걸까?

“손님들 생각해서라도 좀 빨리 만들어.”

케일라 아줌마가 휴지를 건네며 한마디 보태는 걸로 보아 그건 아닌 것 같았다. 재훈은 우산을 쓰고 삽을 끌며 그 집 사람들이 일러준 공터로 갔다. 설사가 도로 들어갈 뻔했다. 외진 농장이었으므로 누가 쳐다보진 않을 것 같았지만 워낙 휑했고, 닭들이 철망 너머에서 관심을 보이고 있었으며, 우산을 쓰고 일을 본다는 건 생각보다 쉬운 일이 아니었다. 어쩐지 눈물이 났다. 뭐 이래? 뭐 이런 데 날 보냈어?

퍽킹 조지아.

그날 밤 재훈은 잠자리에 들어 천장을 노려보며 조지아를 욕했다. 문득 퍽킹 코리아라고 한국을 욕했다가 쫓겨날 뻔했던 교포 출신 아이돌 가수가 생각났다. 그 가수는 괜히 욕을 먹은 것 같았다. 어린 나이에 갑자기 이상한 곳에 떨어져 불합리해 보이는 일들을 당하면 그곳을 욕할 수도 있다. 충분히 그럴 수 있는 일이었다. 그 가수에겐 한국이 불합리했겠지만 재훈에겐 조지아가 그랬다. 서로 욕하면서 사는 것이었다.

퍽킹 퍽킹 조지아.

한 번 더 욕하고 나니 드디어 잠들 수 있었다.

*

-다들 별일 없어?

-별일 있어. 매일 별일이야.

-왜? 축구하다 어디 다쳤어?

-아니, 아직 어디 부러지진 않았어.

-재욱이도 대답해. 왜 맨날 재훈이만 대답해?

-나도 별일 없어.

-둘 다 엄마한테 안부 전화 좀 자주 해. 나만 들볶인다고.

-엄마는 요즘 어때?

-백화점에서 홈 패션을 배운대. 쿠션만 계속 만들고 있어. 집에 가면 술탄의 궁전보다 쿠션이 더 많아.

-다른 건 왜 안 만들고?

-쿠션이 제일 쉽대.

*

　재인이 성공적으로 손톱을 배양하고 나서 한 실험은 방탄 실험에 가까웠다. 사실 재인은 스트레스를 많이 받았을 때 방탄 유리 회사에서 홍보용으로 만드는 동영상을 돌려 보는 취미가 있었다. 물론 재인에게는 총이 없었으므로 밴딩 테스터와 망치, 송곳이 주였지만 결과는 꽤 만족스러웠다.

　최대한 자연스럽게 재인은 다른 연구원들의 가운을 훔쳤다. 하나씩, 둘씩 티나지 않게 주말에 집어들고 왔다. 재인이 보기에 가장 위험한 것은 잊힐 만하면 한 번씩 일어나는 실험실 폭발 사고였다. 실험실에서 일어나는 폭발 사고는 공장이나 다른 곳에서 일어나는 사고들보다 규모는 작지만 그에 비해 사상자가 적지 않았다. 화학도로서 십 년, 재인은 가까이에서 그 피해자들을 접해왔다. 폭발을 온몸으로 막아 학생들을 보호하고는 돌아가신 교수님이 계셨다. 손가락을 잃은 선배도, 화상을 입은 동기도 있었다. 때로는 분명한 부주의가 원인이었고 어떤 때는 영원히 원인을 알 수 없었다. 모두가 예민하게 살피고 살피지만 사고는 언제나 일어날 수 있었다. 고압력 장비가 문제일 때도 있었고 질산이나 황산 용기가 깨져 새어나올 때도 있었고 정전기나 버너가 불씨를 제공하기도 했다. 사고가 날 때마다 되새김질을 하지만 다음 사고는 전혀 다른 방향에서 왔다. 안전한 시스템을 구축하면 확실히 줄일 수는 있다. 하지만 사람은 완벽하지 않고 시설은 쉽게 노후했다. 사고가 완전히 없을 수는 없었다.

그런 일이 일어나서는 안 되지만, 일어났을 때 주요 장기 손상을 막기 위해 재인은 동료들의 가운을 뜯고 그 안에 손톱으로 만든 판을 얇게 넣어 다시 꿰맸다. 판보다는 필름에 가까워 알아채기 어려울 것이다. 이 작업을 위해 재인은 엄마의 재봉틀을 빌려 써야 했고 서울에 자주 올라갔다. 엄마는 좀처럼 오지 않던 재인이 거의 매주 오자 기뻐하는 눈치였지만, 재인은 엄마가 외출하기를 기다렸다 작업에 착수해야 했으므로 엄마 등을 자꾸 밖으로 떠밀었다.

"기껏 주말에 올라왔으면 같이 영화라도 보고 외식도 하고 그래야 하는 거 아냐? 왜 나더러 나가라고 그러니? 내 집인데."

"저녁 때는 같이 나갈게. 두 시간만 운동 다녀오세요. 집중해서 할 일이 있어서 그래요."

재인은 고등학교 축제 때 재봉틀로 이것저것 만들어 판 적이 있어서 다루는 데 능숙했다. 일도 아니었다. 가운이 홑겹이 아니어서 쪽가위로 뜯었다 손톱 판을 넣고 흰 실로 다시 박으면 티도 나지 않았다. 원래도 잘 구겨지는 소재는 아니지만 한층 각이 잘 잡히기까지 했다. 마음 같아서는 세탁하고 다림질까지 해서 제자리로 돌려두고 싶었지만 그건 참기로 했다.

머리, 머리는 어떡하지.

잠시 고민하다가 소매 아래쪽에도 판을 넣었다. 폭발이 일어나면 본능적으로 팔을 교차해 머리를 가릴 것이다. 완벽하지는 않아도 그게 최선이었다.

한동안 재인은 조개처럼 입을 다물었지만, 재인의 규칙적인 귀가로 엄마가 수입맥주와 안주를 구비해놓자 모녀 사이도 얼마간 부드러워졌다. 두 사람은 맥주를 마시며 같이 드라마를 보고, 도라지를 다듬고, 건조기로 과일칩을 만들었다.

"엄마, 내가 언제 제일 섭섭했는지 알아?"

"뭘 또 섭섭해?"

"내가 좋은 양말만 사면 말이야, 빨기만 하면 사라지는 거야. 그게 모조리 재욱이나 재훈이 양말통에 들어가 있어."

"잘못 갖다놓을 수도 있지."

"하지만 걔네 양말이 나한테 오는 적은 없어. 내가 새로 산 좋은 양말만 걔네한테 가는 거야."

"일부러 그랬겠니?"

"그래서 더 섭섭한 거야. 일부러 그러는 게 아니라 무의식적으로 좋은 건 아들들 주는 거지."

"다 똑같이 생겼으니까 그렇지. 옛날 여자 양말은 레이스 달리고 꽃 자수도 있고 그랬는데 죄 시커먼 발목 양말이니 내가 어떻게 알아."

"사이즈가 다르잖아. 솔직히 내 양말 재욱이는 어찌저찌 신을지 몰라도 재훈이 발엔 들어가지도 않아."

"걔가 발이 좀 곰 발이지. 그래서 달리기를 너희만큼 못했어."

"나 한참 허들 할 때도 말이야. 내가 세어봤다? 내 경기보다 재욱이 경기에 엄마가 두 배는 많이 갔어."

"그냥 우연히 덜 바빴겠지. 일부러 그런 거 아니라니까."

"일부러 그런 게 아니라 더 섭섭하다니까?"

섭섭한 걸 따지면서도 분위기가 격해지지는 않았다. 재인은 화내지 않으면서 조목조목 지적하는 법을 일찍 터득한 편이었다. 유용한 기술이었다. 회사에서도 쓸 만했다.

그리고 다음 주에 올라갔더니 엄마가 새 양말 열 켤레를 사다놓은 게 있었다. 재인은 양말 건은 넘어가기로 했다.

*

재훈은 개비와 피비의 은근하고도 강력한 권유로 교회에 몇 번 따라 나갔다. 누나가 알면 파르르할 일이었다. 누나는 진화론을 부정하는 미국 교회들에 대해 이미 한참 경고를 늘어놓은 참이었다. 교회 자체에 악감정이 있다기보다는 종교가 과학을 침범하는 걸 참지 못했다. 미국에서 시작된 그 '말도 안 되는 퇴화'가 한국까지 흘러들어온다며 그 주제만 나오면 불을 뿜었다. 재훈이 보기에 형은 과학에 대해 그렇게 애틋하지 않은데 누나의 경우 과학을 진심으로 사랑하는 것 같았다. 형이 레고를 가지고 놀다가 슬며시 기계공학과에 갔다면, 누나는 어릴 때부터 과학자가 꿈이었다. 그 차이는 어디서 온 걸까. 과학에 대해 이

글이글하는 누나는 놀려먹기가 좋았다. 누나를 약 올리기 위해 교회 앞에서 사진이라도 찍어 단체 채팅창에 올려볼까 재훈은 몇 번이나 유혹에 시달렸다.

설교는 반밖에 이해가 가지 않았고 찬송가는 전혀 몰랐다. 그래도 교회 건물이 아름다웠고, 기도할 때 속눈썹이 더 길어 보이는 개비와 피비의 옆모습이 평소와 달라 값진 시간이었다. 평일에는 포니테일에 반바지인 두 사람이 일요일엔 가끔 머리를 풀기도 하고 귀여운 스커트를 입기도 한다. 재훈은 키가 빨리 컸으면 했다. 미국 우유 먹는데 왜 크질 않나, 자기 전에 매일 무릎 뒤를 주물렀다. 개비는 재훈과 키가 엇비슷했고 피비는 확실히 큰 것 같았다. 개비와 피비는 물론 재훈을 친절하게 대해줘야 할 교환학생에, 선교의 대상쯤으로 여기겠지만 그래도 멋있어 보이고 싶었다. 미식축구 유니폼을 입었을 때 어깨가 더 넓어 보이므로 경기 전에 열심히 개비와 피비 앞을 지나다녔다. 처음에 비슷해 보였던 두 사람의 매력도 이제는 확실히 구분이 되었다. 개비 쪽이 좀 더 윤곽선이 가지런하고 차분했고, 피비 쪽은 온 얼굴로 웃을 때 다섯 배쯤 예뻐졌다. 건치네, 엄청 건치야. 재훈은 감탄하곤 했다.

예배가 끝날 때쯤 되면 테이트가 합류했다. 테이트에겐 낡았지만 그럭저럭 굴러가는 차가 있었으므로 세 사람은 재훈에게 여기저기를 구경시켜주었다. 분명 연비가 굉장히 나쁜 차일 게 분명해서 재훈은 되도록 자주 기름값을 내려고 애썼다.

"숲에서는 방울뱀이나 살모사, 흑곰을 조심해야 해."

마을을 약간만 벗어나면 숲과 습지였다.

"예전에 이 습지에 해적들이 보물을 숨겼다고 그래서 낚시 올 때마다 기대했는데 너무 깊이 가라앉았나봐."

내내 서울에서만 자란 재훈이 대자연 앞에서 약간 어정쩡한 표정을 짓는다는 걸 깨닫고는 문화재 탐방으로 방향이 바뀌었다.

"조지아는 대리석이랑 금이 유명해. 사금 채취 해볼래?"

개비와 피비가 금보다 더 반짝거리는 포니테일을 하고는 열심히 사금을 채취하는 모습을 보는 건 즐거웠다. 하지만 막상 가장 큰 조각을 건져낸 것은 테이트였다. 커다란 안경은 이마에 걸쳐져 있었다. 역시 눈이 별로 나쁘지 않은 건가 싶었다.

"저기 보이는 저 산 있지? 저 산이 스톤 산이야. 진짜 유명해."

운전을 하던 테이트가 멀리 가리켜 보였다.

"뭘로 유명해?"

대통령들 얼굴이라도 있나, 재훈은 기대하며 물었다.

"마틴 루터 킹의 연설에도 나와. 스톤 산에도 자유가 울려퍼지도록 합시다, 하고. 원래 KKK단의 불타는 십자가가 세워져 있어서 인종차별의 상징이었거든. 지금은 그 자리에 방송국 송신탑이 있지만."

기대와는 살짝 다른 명물이었다. 대개는 좀 기대와 달랐다. 크리크 부족과 체로키 부족이 집단이주를 당했다는 눈물의 길에 데려다주며 테이트는 "모조리 우리가 똥구멍 같은 놈들이었다는 증거밖에 없구만" 하고 중얼거렸다. 남북전쟁 때의 격전지와 포로수용소, 묘지의 규모는 재훈의 상상 이상이었다. 최근에 배우기 시작한 미국 역사가 생각보다 순탄치 않았음을 알려주었다.

재훈은 그 어느 곳보다 애틀랜타가 좋았다. 공항에서 내렸을 때 슬쩍 보았지만 다시 가보니 역시 도시가 최고였다. 서울 생각이 났다. 애틀랜타에도 볼 것은 많아서 마틴 루터 킹이 태어난 스위트 오번 지역도 가보고, 《바람과 함께 사라지다》를 쓴 마거릿 미첼의 집에도 가보았다. 재훈은 사실 책도 영화도 제대로 보지 않아 큰 감흥이 없었다. 엄마와 누나가 영화를 보며 이놈이 낫네, 저놈이 낫네 뭔가 욕을 하며 봤던 듯도 한데 집중을 안 했던 것이다. 애틀랜타의 쇼핑몰에서 간만에 제대로 된 엘리베이터를 탔는데, 그 엘리베이터를 비롯하여 애틀랜타의 모든 엘리베이터들이 인사를 보내오는 것만 같았다.

또 어디를 가야 하나 두런두런 고민하는 눈치기에, 재훈은 용기를 내서 말했다.

"있잖아, 나 그냥 버거에 쉐이크 먹으면서 앉아 있고 싶어. 너무 열심히 관광시켜주지 않아도 돼. 충분히 고마워."

그래서 네 사람의 주말은 일상적인 것이 되어갔다. 이러니저러니 해도 고등학교의 주말 과제는 만만치 않은 것이었다. 네 사람은 넓은 테이블을 골라 앉아 오래 시간을 보냈다. 재훈은 영어가 천천히 늘기 시작했고 나머지 세 사람은 대한민국 고등학생의 암기 테크닉을 배워갔다.

*

산제이는 하루 중 마지막 담배를 피우며, 유명한 인도 영화의 줄거리를 압축해 재욱에게 들려주었다. 재욱이 청한 것은 아니었다. 좋은 영화가 있으면 돌려 보고 또 돌려 본다는데, 기본적으로 흥이 있는 사람인 것 같았다. 가끔은 재욱은 잘 모르는 그 영화의 유명한 장면이나 춤을 직접 재현하기도 했다. 산제이가 한 손엔 담배 다른 한 손엔 생수병을 들고 가볍게 춤을 출 때, 외벽의 조명에 아직 냉기를 머금은 생수병이 수정처럼 빛났다. 자꾸 노래를 따라 불러보라고 하는데 재욱은 좀처럼 노래를 부르는 사람이 아니었다. 일 년에 한 번쯤 취하면 갑자기 노래를 잘하는 것같이 느껴져서 부르곤 하지만, 그때도 고성방가는 아니고 흥얼거림에 가까웠다.

"레이저 줘봐요."

산제이가 손을 내밀기에 재욱이 넘겨주었다. 산제이는 먼 모래 언덕에 재욱이 알기 쉽게 영어로 된 가사 부분을 써주려고 했다. 그렇게 써줘봐야 따라 할 수 있을 리 없었지만 말이다. 모래 위에서 글씨가 금방 사라졌다. 어릿어릿한 잔광이 눈꺼풀에 남았다.

레이저 때문에 눈이 시린 것이라고 생각했는데, 밤하늘 한쪽이 통째로 붉어졌다. 재욱은 그렇게 짙은 신호를, 경고를 본 적이 없었다.

"저 잠깐 단지 바깥으로 나갔다 와야겠어요."

재욱이 말하자 산제이가 당황했다.

"이 시간에요?"

"저쪽에 뭐가 있는 것 같아요."

"뭘 봤어요?"

재욱이 애매하게 대답을 피했는데도 산제이가 따라나섰다. 도움이 필요할지도 몰라 재욱도 말리지 않았다. 두 사람은 다들 편하게 카트라고 부르는 차양이 달린 사륜 바이크에 올라탔다. 모래 위에서 달리기 최적인 바퀴가 달려 있어, 단지 근처에서 간단히 쓰는 교통수단이었다. 재욱이 사무실에서 열쇠를 가지고 왔다. 최근에 음주 운전 사고가 잦아서 열쇠 관리가 엄격할 줄 알았더니 그렇지는 않았다.

도로를 벗어나 아까 바라보던 모래언덕 쪽으로 달렸다. 옆에서 산제이가 불안해하는 게 느껴졌다. 재욱의 시야는 여전히 붉었다. 만약 소리까지 더해진다면 사이렌이 울릴 것만 같은 붉음이었다. 몇 번의 설계 문제와 가벼운 안전사고 때 붉어지긴 했었지만 이렇게 타는 듯이 붉어질 만큼 심했던 적은 없었다.

"뭘 봤던 간에 낮에 다시 오는 게 어때요?"

"조금만 더 가보기로 해요."

산제이가 뒤늦게 안전벨트를 채웠다. 두 사람은 모래언덕을 계속 넘어갔다. 이 방향이라는 확신을 산제이에게 나중에 어떻게 설명해야 하나 재욱이 고민에 빠졌을 때, 사막의 한 면을 물들이던 붉은 신호가 마침내 한 점으로 집중되었다.

정확히는 두 점이었다.

재욱과 산제이는 쓰러져 있는 여자아이들을 발견했다. 웅크린 모습이 눈에 익숙해지자 아이들이 입고 있는 것이 교복이라는 걸 알아볼 수 있었다. 한 아이가 놀라 경계하며 몸을 일으키려 했지만 팔꿈치가 꺾였다.

산제이가 생수를 들고 있었던 것이 요행이었다. 두 아이는 심하지 않은 탈수증세를 보였다. 사막에 시달린 모습이었지만 얼마 전까지 물과 음식이 있었던 것이 틀림없었다. 산제이가 아랍어로, 영어로 말을 걸었지만 좀처럼 대답할 생각이 없는 듯했다.

"대체 어디서 온 걸까요? 가까운 마을도 차로 두 시간이 넘잖아요."

재욱이 정상으로 돌아온 눈을 문지르며 물었지만 혼잣말에 가까웠다. 앞주머니에 레이저 포인터가 만져졌다.

"어디서 왔니? 어디로 가는 거였니?"

무릎을 꿇고 아이들이 왔음 직한 방향으로 레이저를 쏘았다가, 다시 플랜트 쪽을 향해 레이저를 쏘았다. 그러자 두 아이가 숨을 들이켰다.

"레이저."

한 아이가 아마도 입안에서 부석거릴 혀로 힘들게 말하며 손가락을 재욱의 레이저 포인터에 가져다댔다. 아이의 눈에 눈물이 맺혔다. 재욱은 깨달았다. 그동안 재욱이 레이저로 장난을 칠 때, 사막을 가로지르던 아이들은 그 빛을 향해 오고 있었던 것이다.

*

재인은 며칠째 바이오매스 실험실을 들락거리고 있었다. 재인이 일하는 건물과는 연못을 사이에 두고 건너편이었다. 마침 프로젝트 하나가 끝난 참이라 여유가 있었다. 재인은 배양

한 손톱을 가지고 좀 더 정교한 형태로 이것저것을 만들어보고 싶었다. 바이오매스팀은 재인이 실험실 사용을 요청해오자 별로 좋아하지 않았지만, 경아를 통해 선배 한 명을 소개받자 분위기가 조금 나아졌다. 웅민 팀장으로, 모두가 웅팀이라 부르는 사람이었다.

실험실에 들어가기 전 에어샤워를 하며 웅팀이 말했다.

"재인 씨, 이제 우리 샤워도 같이 한 사이네."

"팀장님, 그거 성희롱이에요. 완전 싫어요."

"다른 팀원이 나한테 말했을 때는 재밌게 들렸는데, 미안해요."

"하나도 재밌지 않아요."

금방 시무룩해져 진지하게 사과를 해왔으므로 넘어가주기로 했다. 팀장급 이상이 제대로 된 유머를 구사하게 하려면 혹독하더라도 솔직함이 최고라고 재인은 생각해왔다. 재인이 익숙하지 않은 장비들을 잘 만질 수 있도록 친절하게 설명해주는 걸로 보아 기본적으로 나쁜 사람 같지는 않았다. 리그닌과 셀룰로오스, 헤미셀룰로오스와 그 추출법에 대해 한 시간 동안 강의를 해주기도 했다. 무엇보다 재인이 처음 분쇄기를 고장

냈을 때 별말 없이 칼날을 교체해주었다. 화를 내거나 수상해하는 눈길을 던지지도 않았고 그저 칼날을 오래 써서 그런가보다 하고 넘어가는 걸 보니 무던한 성격이 아닌가 싶었다.

손톱 가루를 슬러리화하기 위해 물을 섞어 걸쭉하게 만든 다음, 웅팀이 추천한 박테리아를 첨가해 발효 과정을 거쳤다. 그렇게 만든 젖산을 고리화시켰고, 그다음 정제 과정도 차근차근 진행하였다. 미반응된 부분과 고리화된 화합물을 분리시켜 고순도 고리화 화합물을 만드는 일이었다. 재인의 손톱 가루는 마치 이 모든 과정을 위해 미리 준비된 것 같았다. 재인은 누군가 조종하는 것 같은 기분이 들어 찜찜했지만 동시에 성취감을 느꼈다. 재인이 처음으로 완성한 바이오플라스틱이었다.

"우와, 재인 씨, 이거 뭘 썼다 그랬죠? 엄청 빨리 잘됐네."

지나가던 웅팀이 신기해했다. 재인은 전문가가 기웃거리는 것이 매우 불편했지만 혹시 누가 물어볼까봐 미리 준비해두었던 대답을 했다.

"녹조, 억새, 물푸레나무?"

목소리가 떨려서 나왔다. 나중에 웅팀이 자세히 들여다보기 전에 데이터고 뭐고 못 쓰게 만들어야 할 것 같았다.

"웨어러블 디바이스라 했죠? 그래서 이걸로 이제 뭘 만들 거예요? 안경? 시계?"

"음, 이것저것 다 해볼까 해요."

"우리 팀에서 쓰던 안경테 성형틀 있는데 빌려줄게요."

그러나 막상 웅팀이 안경테 성형틀을 가지고 왔을 때 재인은 자기도 모르게 말해버렸다.

"싫어요. 못생겼어요. 이거 안 쓸래요."

너무 단호하게, 해태나 호랑이처럼 말해버렸으므로 재인은 좀 심했나 싶었지만 웅팀은 웃었다.

"재인 씨, 성격 좋다. 싫으면 싫다고 말하는 사람 편하더라."

순조롭게 진행되는 일에 들떴기 때문에 서울로 가는 밤 운전도 할 만했다. 재인은 내친김에 계속 신경 쓰고 있던, 손톱깎이가 발송된 주소에 찾아가보기로 했다. 약간 돌아가는 셈이지만 들르는 게 나을 것 같았다. 재인의 성격을 감안하면 이미 충분히 미뤘던 것이다.

주소는 여전히 생소했지만 그곳에 도착하자마자 재인은 길과 주변의 경관을 알아보았다. 칼국숫집이었다. 정확히는 칼국숫집이 있던 자리였다. 차를 대충 댔다. 대충 댈 수밖에 없었다. 주차장도 사라지고 없었기 때문이다. 건물의 흔적도 없이 크기가 균일한 둥근 자갈돌만 공터에 가득했다.

뒷굽이 자갈 사이로 푹 빠져 차에서 내리다가 잠시 균형을 잃었다. 여기서 정말 소포가 보내져왔나? 그러면 동생들은? 역시 바지락이 문제였나? 우리 말고도 다른 사람들이 먹었을 텐데? 왜 가게 사람들의 얼굴이 하나도 생각이 안 나지? 가게 주인이 분명 있었는데? 칼국숫집은 어디로 사라졌지? 건물의 토대까지 사라지게 할 수 있나? 땅을 파볼까? 나는 대체 누구의 계획 속에 있는 거지? 누구를 구하라는 거야? 왜 하필이면 손톱이지? 그냥 2주에 한 번씩 그 강력한 손톱깎이로 손톱을 깎으며 다 잊고 살아버리면 안 될까?

손가락이 떨렸지만 방향을 바꾸어가며 여러 장의 사진을 찍었다. 동생들에게 보내면 동생들도 여기가 칼국숫집이었다는 걸 알아볼지 몰랐다. 어쩌면 아예 착각일 수도 있었다. 그 가게는 흔한 붉은 벽돌 단층 건물이었다. 국도변에서 얼마든지 볼 수 있는 가게였다. 분명 근처 어딘가에 그대로 파리 날리며 있을 터였다. 지금은 그저 아주 엉망인 데자뷔를 경험하고 있는 것뿐이야, 재인은 조그맣게 중얼거렸다. 사람의 뇌는 가끔 그런다고 했다. 예민한 편이어서 자기도 모르는 새에 스트레스가 쌓였을 뿐이라고 생각하며 발목에 힘을 주었다. 굽이 자꾸 빠졌다.

사진을 전송하기만 하면 되었지만 재인은 끝내 보내지 못했다. 쓸데없이 체면이나 위신을 따지는 사람이라면 아주 질색하면서도, 자기 자신이 동생들에게 설명하지 못할 이야기를 두서없이 늘어놓는 일은 견딜 수 없었다. 그런 면에서 어쩔 수 없이 첫째였다.

어딘가 꺼림칙한 자갈돌들을 한참 만지작거리다가 서울로 올라오는 길, 몇 시간 전만 해도 들떴던 기분이 천천히 가라앉았다. 가라앉고 가라앉다가 현관문을 열었을 때는 마음 바닥의 배수구 비슷한 곳으로 꼬로록 소리를 내며 빠져나갔다. 현관에 아빠 신발이 있었던 것이다.

*

페리 할아버지가 프리스비를 가져왔으므로 재훈은 개들에게 던져보았지만, 검은 개 세 마리도 이제 송아지만 해진 강아지도 영 물어올 생각이 없었다. 실수로 한 놈의 머리를 맞혔을 때는 낮게 으르렁거려서 결국 페리 할아버지와 둘이서 원반을 던지고 놀았다. 페리 할아버지는 상체는 건장한데 하체는 부실한 편이고 관절이 좋지 않았다. 덕분에 재훈만 이리저리 열심히 뛰어다녀서 어쩐지 개가 된 기분이었다.

"이런 건 애들 놀이야. 그만하자."

페리 할아버지는 크게 움직이지 않았으면서 금방 지겨워했다.

"진짜 아메리칸이 되고 싶으면 총을 쏠 줄 알아야 해. 너 총 쏠 줄 아니?"

재훈은 페리 할아버지에게 먼저 막 입을 여는 편이 아니었는데, 대체 언제 자기가 진짜 아메리칸이 되고 싶다고 말을 했었나 놀라서 멍한 표정을 지었다.

"케일라, 권총 하나 줘봐."

페리 할아버지가 집 안쪽에다 외쳤다.

"총알이 없는데요? 지금 마트 갈 건데 한 박스 사다드릴까요?"

아줌마가 포치로 나오며 대답했다.

"우리 연습할 거니까 여유 있게 사 와."

연습하는 겁니까. 진짜로 하는 겁니까. 재훈은 숙제가 있다고 할까 했지만 그랬다가는 페리 할아버지가 한 계절은 놀릴 것 같았다. 재훈도 전에 마트에 갔다가 진열되어 있는 총들을 보고 내심 놀란 적이 있었다. 총이고 총알이고 마트에서 살 수 있을 거라고는 생각도 못했던 것이다. 할배, 진짜 아메리칸이 되고 싶지 않아. 나는 여기 얼떨결에 보내졌단 말이야. 재훈은 시무룩하게 벤치에 앉았다.

"내가 베트남전에 나갔을 때 말이야, 엄청 힘들었거든. 겨우 본국 귀환 명령을 받고 다른 사람들한테 인사하려고 보급 헬기에 탔는데 아래에서 날아온 유탄이 머리에 박힌 거야. 덕분에 도로 입원했잖아. 위험했지. 여기 흉터 보여?"

페리 할아버지가 아직 숱 많은 옆이마 부분을 헤집어 흉터를 보여주었다.

"상태가 나빠져서 수혈도 못 받을 뻔했어. 나는 기억에 없지만 손목이 안 되니까 발목에다 꽂았대. 그래도 유탄 정도는 괜찮았어. 내 눈앞에서 클레이모어 지뢰에 날아간 사람이 숱했어. 친구 하나는 오발 사고로 죽을 뻔했는데, 신기하게 총알이 심장 근육 사이로 빠져나가서 살았어. 그래, 그 친구가 나보다 조금 더 럭키할지도 모르겠네."

　특별히 한국 군필자들만 군대 이야기를 좋아하는 건 아닌 모양이었다. 조지아 할아버지도 똑같았다. 할배, 저도 몇 년 있으면 군대 가요. 전쟁에는 아마 안 나가겠지만 그때 총 쏘는 거 배우면 되는데 우리 안 하면 안 될까요, 재훈은 페리 할아버지의 기분을 상하게 하지 않고 어떻게 빠져나갈지 고민했다.

　"거기 더운 나라지만 그래도 가끔 따뜻한 음식이 먹고 싶었거든. 수류탄의 유황 부분을 긁어내고 하얀 화합물을 모아 불을 붙이면 딱 2인분 수프를 끓일 수가 있어……."

　재훈의 탈출구는 의외의 곳에 있었다. 마트에서 돌아온 케일라 아줌마가 바로 이 부근에서 유명한 좀비 드라마를 촬영하는데 지금 막 하고 있더라고 말해준 것이다. 재훈은 드라마 촬영을 구경하러 가고 싶다고 페리 할아버지에게 사정없이 눈빛을 쏘았다. 페리 할아버지는 어쩔 수 없다는 듯 재훈을 촬영 현장 근처에 데리고 가주었다.

　이미 동네 사람들이 다 모여 있었다. 띄엄띄엄 농장이 있는 동네여서 모여도 얼마 되지는 않았다. 촬영 현장에서 한참 멀리 떨어져 구경해야 했지만 대단한 구경거리였다.

그 좀비 드라마는 원래 그래픽노블이 원작이었는데, 누나는 다 가지고 있었다. 누나의 과학 서적으로 가득 찬 책장의 한 칸은 그래픽노블들 차지였다. 주로 유럽의 섬세한 만화들이 많아서 재훈의 취향은 아니었지만 가끔 마음에 드는 것도 있었다. 좀비 만화가 드라마화되고 케이블 방송으로 수입되자 같이 볼까 했는데, 누나는 책장 넘기기도 너무 무서웠다고 거부했다. 재훈은 참 알 수 없다고 생각했다. 그건 좀비물을 좋아하는 것도 아니고 안 좋아하는 것도 아니잖아. 어쨌든 신나게 누나에게 자랑 메시지를 보냈는데 돌아온 대답은 재훈이 예상했던 게 아니었다.

-뭐? 그 드라마 배경 엄청 황폐한 데 아냐? 너 있는 데가 그 정도야?

그러고 보니 묘하게 자랑거리가 아니었나보다. 좀비 드라마 배경으로 적합한 동네라니 말이다.

돌아오는 길에는 엑스트라 한 명이 길을 잃었는지 헤매고 있었다.

"저 사람 배우인가봐요, 길 가르쳐주지 않아도 될까요?"

"누구?"

"저기 좀비 엑스트라요."

페리 할아버지가 룸미러를 찌푸리며 들여다보았다.

"아냐, 저건 버섯 먹은 놈이야."

"버섯이요?"

"자꾸 젊은 애들이 숲에서 위험한 버섯을 따 먹어. 아니면 누가 몰래 키워다 파는 것 같아. 큰일이야. 누가 너한테 버섯 비슷한 걸 권하면 절대 먹으면 안 돼."

재훈도 비틀거리며 걷는 사람을 다시 돌아보았다. 이미 멀어져서 좀비 분장을 했는지 안 했는지 알 수 없었다.

*

"이다음엔 어쩔 거예요?"

두 아이를 카트에 태우려고 뒷좌석을 치우는 재욱에게 산제이가 낮은 목소리로 물었다.

"상부에 보고하고 아이들한테 쉴 곳을 마련해준 다음 날이 밝으면 경찰에 신고해야 하지 않을까요?"

"아마 이 나라 애들이 아닐 거예요."

산제이의 말이 맞을지도 몰랐다. 사막 저편은 국경이었다. 그나마 안정적인 편인 이 나라와 달리 주변국의 상황은 그렇게 좋지 못했는데 국경을 넘어 탈출해 왔는지도 몰랐다.

"애들이 교복을 입고 있잖아요. 학교가 과격 단체에게 습격 당했는지도 몰라요. 그러면 누가 찾아올 수도 있어요."

"누가요?"

"총을 든 남자들이. 그리고 저 아이들의 아빠나 오빠나 삼촌 이라고 말할 거예요. 아이들을 찾아줘서 고맙다고 말하고 데려 가겠죠. 보스들이 그걸 막아줄 수 있을 거라 생각해요?"

재욱은 잠시 생각해보았다. 부장님도 과장님도 딸이 있었다. 선량한 아빠들이었다. 하지만 외주로 보안을 맡긴 이 플랜트에 는 상주 무장 경비원들이 몇 명 되지 않았다. 그도 그럴 것이 플 랜트는 사막 가운데 있고 기계와 자재들은 크고 무거워서 훔쳐 갈 만한 게 아닐뿐더러 훔쳐가도 할 수 있는 게 별로 없었다. 구 리 선 정도는 끊어갈 수 있겠지만 그렇게 부지런한 도둑들은 아직까지 없었다. 재욱의 머릿속에서 결론이 났다. 총을 들고 누군가 찾아와 이 여자아이들의 가족이라고 말한다면, 상사들은 회사의 기본적인 방침을 따를 것이다. 현지에서 문제를 일으키지 말 것, 그것이 방침일 수밖에 없었다.

"그럼 어떻게 하는 게 나을 것 같아요?"

"여기는 너무 멀어요. 먼 데다 경찰도 믿을 수 없어요. 수도로 가야 해요. 아마 제일 안전한 건 직접 수도에 데려다주는 걸 거예요."

"우리가 직접?"

우리라는 말에 산제이는 잠시 고민에 빠지는 듯했다.

"저기 우키, 우키가 저를 친구로 생각해주는 건 알아요. 하지만 사실 입장이…… 상황이 다르죠. 우키는 본국에서 온 정사원이고 저는 계약직이잖아요. 마음대로 휴가를 쓸 수 없어요."

서로에게 '미스터'를 붙이지 않게 된 건 편했지만 산제이는 부장님이 재욱을 부를 때 뭔가 잘못 들은 것 같았다. 우키라니, 재욱은 웃고 말았다.

"저도 똑같아요. 휴가는 3개월 전에 미리 정해져 있어요. 여기서는 다들 엄격하게 순서를 지켜서 휴가를 쓰니까요. 하지만 며칠 안에 제가 어떻게 해볼 수 있을 거 같아요."

어떤 계획이, 전에 없이 빠른 속도로 떠오르기 시작했다. 재욱은 머릿속 가동 속도에 잠깐 놀랐다.

"그 며칠 동안 저 아이들을 어쩔 거예요? 비어 있는 컨테이너가 있던가?"

"숙소 쪽에는 숨길 수 없어요. 바로 들킬 거예요. 플랜트가 가동되면 쓸 휴게실들과 숙직실들이 있어요. 그중에 가장 출구에 가깝고 이미 완성되어서 다른 사람들이 들여다보지 않을 방을 찾으면 될 거예요. 냉방과 수도 시설이 있는 방으로. 그건 제가 찾으면 금방 찾아요."

"그럼 제가 아이들과 있다가 우키가 말해주면 올라갈게요."

"어떻게 올라올 거예요? 눈에 띄지 않고?"

산제이가 카트 뒤에 실려 있던 장비 가방을 두 개 비워냈다. 아이들이 웅크리면 한 명씩 충분히 들어갈 수 있을 것 같았다. 가방에 들어가야 한다는 걸 전달하는 게 문제였다. 이미 충분히 겁에 질려 있을 터였다.

재욱이 두 아이에게 이름을 물었다. 아이들은 대답하지 않았다. 눈을 깜빡이다가 가끔은 깜빡이는 것보다 더 길게 감았다.

"숨겨줄 거야. 안전하게. 그리고 며칠 후에 더 안전한 곳으로 데려가줄게."

몇 번 반복해서 말했지만 알아들었는지 알 수 없었다. 어둠 속에서 카트의 헤드라이트는 지나치게 밝은 빛과 짙은 그림자를 만들어냈고, 덕분에 아이들의 표정을 읽기가 힘들었다. 한 아이는 다른 아이보다 조금 더 오래 눈을 뜨지 않았다. 아픈 것은 아닐까 걱정이었다. 다른 아이는 재욱과 산제이를 계속 살폈지만 얼굴을 쳐다보지 않고 가슴께나 발을 쳐다보았다. 레이저, 그게 그 아이가 말한 전부였다. 재욱은 아직 두 아이의 얼굴을 기억할 수 없을 것 같았다. 사고 때문인지 원래 그랬는지 낯선 얼굴을 익히는 데 시간이 걸렸다. 산제이의 얼굴이 다른 수많은 사람들의 얼굴로부터 분리되는 데에 시간이 필요했던 것처럼 말이다.

그래도 이제 확신이 들기 시작했다. 재욱의 할당량, 재욱이 구해야 할 두 사람은 아무래도 이 아이들인 것 같았다. 재욱은 가방을 들고 다시 한 번 지켜주겠다고, 숨겨주겠다고 설명했다.

소녀들은 대답이 없었지만 때가 오자 한 사람씩 장비 가방에 들어갔다.

　-아빠가 집에 왔어.

　메시지를 보냈건만 동생들은 답이 없었다. 둘 다 읽긴 읽었는
데 반응이 돌아오지 않았다. 쓸모없는 녀석들이었다. 아아아, 숨
이 안 쉬어진다. 재인은 가슴을 억지로 끌어올렸다. 필라테스를
배워두길 잘했어. 그거라도 안 했으면 어쩔 뻔했어.

　엄마는 테니스채로 이불을 털고 있었다. 키가 작은 엄마가 베
란다 턱에 올라서서 오래된 난간에 이불을 걸치고 털어대는 모
습은 위험해 보이고 슬퍼 보였다. 아빠의 테니스채였다. 당시엔
비싸게 주고 산 모양인데 그리 오래 쓰진 못했다. 아빠는 일찍
싫증을 냈고 주차난 때문에 단지 안의 테니스장도 없어진 지 꽤
되었다. 채는 이불을 터는 용도로, 혹은 아빠에게 한때 소중했던
물건을 함부로 하면서 스트레스를 푸는 용도로 쓰이고 있었다.

　"엄마, 내가 할게."

　재인이 말하면서 다가섰지만 엄마가 멈추지 않았으므로 뒤
에서 팔꿈치를 살짝 잡았다.

　"내가 좀 할게."

이번엔 엄마가 테니스채를 넘겼다. 재인은 팔이 길어서 턱에 올라서지 않아도 이불을 때리기에 충분했다. 화가 나서 딱딱하게 굳은 엄마의 목과 어깨가 내려다보였다.

"가서 마사지기 좀 하세요."

낡고 혹사당해온 마사지기가 움직이는 소리가 들렸다. 대전에 있을걸, 오지 말걸, 후회하며 이불을 털고 있자 엄마가 똑바로 하라며 빽 소리를 질렀다. 사실 이런 시간은 그나마 견디기 쉬웠다. 제일 힘든 건 식사 시간이었다.

어린 시절 재인과 동생들이 '공포의 오 김치'라 불렀던 배추김치, 무김치, 열무김치, 파김치, 물김치를 두고 엄마와 재인이 밥을 먹고 나면 아빠가 그 상에서 라면을 끓여 먹었다. 너도 한 입 먹겠느냐고 아빠가 넉살좋게 물었다. 오 김치 밥상과 라면 사이의 시간차가 점점 줄어들기 시작하면 곧 아빠도 같은 상에 앉을 것이다. 그리고 엄마는 오 김치가 아닌 다른 반찬들도 다시 내어줄 것이다. 그 모든 과정을 알고 있다는 것이 싫었다. 끼니때마다 약속을 잡거나 혼자 나가서 먹기는 부자연스럽고 귀찮았기 때문에 재인은 일 핑계를 대고 일찍 대전에 돌아가기로 마음먹었다.

열린 안방 문으로 아빠가 옆으로 누워 있는 게 보였다. 와불처럼 편안해 보였다. 아빠에겐 어디까지나 아빠 집인 것이다. 누구와 몇 개의 오피스텔을 전전하든 결국 여기로 돌아온다. 엄마가 엄마 집으로, 엄마 몫으로 믿고 있는 여기로 말이다. 집으로 돈을 벌고 성공한 세대라서 엄마 아빠의 어그러진 결혼 생활이 집을 가운데 두고 계속되는 것이겠지만, 재인은 완전히 이해하지는 못했다. 아빠와 함께 살던 여자들은 집 없이 버려지는 게 아닐까? 집을 줄 리가 없다. 저 사람이.

뒤통수로 시선을 느꼈는지 아빠가 돌아보며 말했다.

"치킨 좀 시켜봐라. 라면만 먹고 어떻게 살겠니? 재킷 안쪽에 지갑 있다."

형편없는 사람, 하고 재인은 자기도 모르게 속으로 중얼거렸다. 더 어렸을 때는 그보다 심한 말이 입 밖으로 튀어나올 때도 있었다. 더 어리고 자신의 의견이 어떻게든 아빠에게 영향을 미칠 거라고 믿었을 때에는. 아빠가 아끼는 물건들을 창문 밖으로 마구 던진 적도 있었다. 아빠가 돌아왔다가 떠날 때마다 그 모든 게 소용없다는 걸 깨달았지만 말이다. 아빠의 누운 뒷모습이, 특히 길게 누운 다리가 재인과 너무 닮아 있었으므로 재인의 안쪽 온도가 또 한 번 떨어졌다. 닮은 것이다. 저 형편없는 사람을. 눈에 보이는 곳과 보이지 않는 곳까지. 아는 곳과 아직 알지 못하는 곳까지. 느리고 들리지 않게 한숨을 쉬고는 재인은 치킨 집에 전화를 걸었다. 동네에서 재인이 알기로 제일 맛없는 곳에 주문을 하는 것으로 남아 있는 작은 분노를 풀었다.

그 치킨이 도착하기 전에 어떻게 대전으로 도망칠까, 어떤 변명을 해야 하나 고민하고 있었는데 전화가 왔다.

"잰잰…… 일찍 와주면 안 돼?"

경아였다. 울고 있었다. 엄마가 옆에서 그 전화 소리를 들었기에 변명이 필요 없어졌다.

반찬을 주겠다는, 아마 아빠에게 주지 않으려고 숨겨놓은 반찬을 주려는 엄마를 만류하고 재인은 나갈 채비를 했다. 대신 엄마가 홈패션 교실에서 만들었다는 쿠션 두 개를 챙겼다. 경아의 목소리는 어쩐지 쿠션이 필요할 것 같은 목소리였다.

"엄마, 같이 대전 가자."

되도 않는 소리란 걸 알면서 재인이 말했다. 재인은 엄마가 남아서, 아빠와 함께 배달 음식을 먹고 술을 먹을까봐 겁났다. 재인이 없으면 엄마는 그럴지도 몰랐다. 어떤 친밀감도 아빠에게 보여주지 않았으면 했다. 그거 맛없는 거야. 동네에서 제일 맛없는 데 거라고.

운전하는 내내 서울로, 등 뒤의 서울로 머리카락이 당겨가는 기분이었지만 막상 대전에 도착하니 금방 잊을 수 있었다.

현관문이 찌그러져 있었던 것이다.

*

페리 할아버지는 다행히 총을 쏘는 법을 가르쳐주지 않고 볼링을 가르쳐주기 시작했다. 재훈이 처음으로 제대로 스핀 거는 법을 익혔을 때 페리 할아버지는 조금 울컥했던 것 같다. 그 다음 주에 엉성하게 포장된 조그만 상자를 내밀었다. 뜯어보니 낡은 비틀스 테이프였다.

"미국에서 발매된 첫 앨범이야."

당장 들어보고 싶었지만 카세트플레이어는 한국 집에 있었다. 누나가 쓰다 던져둔 걸 챙겨뒀던 것이다. 형이 쓰던 시디플레이어도 물론 챙겨두었다. 덕분에 재훈은 오래된 노래들을 많이 알고 있었다. 그래서 페리 할아버지가 아껴둔 보물을 주었다는 걸 알아차렸다. 페리 할아버지는 전혀 비틀스 팬으로는 보이지 않았지만 말이다.

"감사해요."

재훈은 할아버지를 바로 쳐다보며 감사의 인사를 했다. 볼링 스핀을 배운 것만큼이나 눈을 맞추고 대화하는 법을 익힌 것도 소득이었다. 재훈은 주눅 든 막내라서 늘 어중간한 곳에 시선을 두고 말하는 버릇이 있었는데 페리 할아버지가 만날 때마다 엄하게 가르쳤다. 케일라 아줌마가 몇 번 만류했지만 이 고집센 할아버지는 신경도 쓰지 않았다. 재훈이 고개를 숙이고 대답을 하면 "눈! 눈!" 하고 지적을 했다.

오늘 두 사람의 과제는 칠면조 잡기였다. 농장에 돌아다니는 몇 마리가 반려동물일 거라 생각하진 않았지만 정말로 잡게 될 줄은 몰랐었다. 추수감사절이었던 것이다. 페리 할아버지가 재훈에게 올가미를 건넸다. 집 안 부엌에선 케일라 아줌마가 칠면조 속을 먼저 만들고 있었다.

"어떻게 하는지 보여주시면 안 될까요?"

"일단 해봐."

재훈은 할아버지 눈치를 봤다. 할아버지는 추수감사절을 앞두고 기분이 썩 좋지 않아 보였다. 케일라 아줌마의 여동생인 타샤가 온다고 했는데 덕분에 긴장감이 조성되었다. 재훈은 케일라 아줌마로부터 타샤가 양성애자인 걸 들어 알고 있었는데 그래서 페리 할아버지의 기분이 좋지 않은 건가 싶었다. 남부의 할배, 완고한 성격이었으니……. 그런데 케일라 아줌마가 빠뜨리고 말하지 않은 부분이 있었다.

"교도소라니 말이다. 내 딸이 교도소에 갔었다니 말이다."

사실 길게 수감되었던 것은 아니고 벌써 2년쯤 된 일이라지만 페리 할아버지는 아직도 충격에 빠져 있는 것 같았다. 남자친구와 바베큐 그릴을 훔치다가 검거되었다고 했다.

"몇 년 전 추수감사절에 데리고 왔었던 그 여자친구가 훨씬 나았어. 이번 남자친구 놈은 최악이야. 둘이서 망할 감옥에 다녀오고도 계속 만난다니까? 손 잡고 식사하러 오겠다잖아?"

할아버지가 재훈을 붙들고 투덜거렸다. 딱히 대답할 말이 없어서 대충 추임새를 넣으며 기대조차 하지 않고 무심한 손길로 올가미를 던졌는데 칠면조가 턱하니 걸려들었다.

"헐, 잡았어."

자기도 모르게 한국말이 튀어나왔다. 할아버지가 기뻐하며 재훈의 등을 두드렸다. 재훈도 잠시 기뻤지만 금세 칠면조를 죽여야 한다는 걸 깨닫고 충격에 빠졌다. 재훈은 참치를 거대한 참치캔으로, 닭가슴살을 어딘가 공장에서 합성하는 고기로 여기며 살아왔다. 소나 돼지를 생각할 때도 살아 있는 동물보다는 포장된 비닐팩을 먼저 떠올렸던 것이다. 그러나 농장의 삶은 그게 불가능했다. 페리 할아버지는 칠면조를 잡고 손질하는 과정에서도 눈을 돌리지 못하게 했다. 칠면조의 내장 냄새와 똥 냄새는 굉장했다. 재훈은 평생 그 냄새를 잊지 못할 거라 생각했다. 페리 할아버지가 케일라 아줌마에게 바통 터치를 했고 재훈도 함께 넘겨졌다. 아줌마가 이거 저어, 하면 그걸 저었고 이거 뭉개, 하면 그걸 뭉갰고 저거 가져와, 하면 그걸 가져갔다. 그러다보니 영영 못 먹을 것 같았던 칠면조도 먹을 수 있을 만큼 배가 고파졌다.

타샤와 그 남자친구가 한눈에 보아도 마트에서 산 것 같은 디저트들을 들고 도착하자 긴장감이 감돌았다. 설마 훔친 건 아니겠지. 재훈은 선입견을 가지지 않으려고 노력했다. 그러나 식사가 시작되자마자 케일라 아줌마와 타샤가 날카로운 말싸움을 시작했고, 그다음 페리 할아버지가 끼어들었으며, 마지막에는 타샤와 그 남자친구가 격하게 싸우기 시작했다. 중간까지는 알아들었지만 그 이후 본격적으로 재훈이 잘 모르는 화제로 싸움이 흘러갔으므로 묵묵히 추수감사절 음식을 먹었다. 제발 십 대 홈스테이 학생 앞에서 그런 자극적인 이야기들로 싸우지 마, 속으로만 푸념했다. 하기야 추석 땐 한국의 집에서도 언제나 난리였다. 재훈은 격한 상황에서도 소화불량에 걸리지 않도록 오래 훈련받아온 것이나 다름없었다.

아빠가 돌아왔다니 엄마는 엉망일 것이었다. 재훈은 엄마에게 추수감사절 식탁의 사진을 보냈다.

-엄마, 나 잘 지내고 있어. 나도 도와서 만들었어.

싸우는 사람들을 방해하지 않기 위해 핸드폰을 진동으로 돌렸다. 식탁을 치우고는 파이 한 조각을 덜어서 그나마 와이파이가 좀 잘되는 구석으로 피신했다. 엄마의 답장이 몇 분 있다가 도착했다.

-돼지 된다. 살 빼는 것도 돈 드니까 적당히 먹어.

엄마는 마음의 여유가 없는 모양이었다. 그릴 도둑들과 한 식탁에 앉아 직접 잡은 칠면조를 먹으라고 여기 보낸 엄마를 원망하던 마음이 다소 누그러졌다. 호박 파이를 먹으며 여기가 불편할까 거기가 불편할까 고민해보았지만 그리 차이가 클 것 같지 않았다. 가족은 아시아의 대도시 복판이든 아메리카의 가장자리 농장이든 버거운 것이었다. 돌아갈 때까지 아빠가 집에 있을까? 그렇지는 않을 것 같았다. 아빠가 있으면 용돈이야 더 받겠지만 그 공기 속에선 공부고 뭐고 힘들 게 뻔했다. 회유되는 척하며 용돈을 더 챙기는 것이 늦둥이의 일관된 전략이긴 해도 그것마저 귀찮은 나이가 되었다.

타샤 커플이 돌아가고 케일라 아줌마와 페리 할아버지는 의외로 만족해했다. 전반부 가족 간의 싸움보다 후반부 커플 간의 싸움이 한층 격했기 때문인 것 같았다. 신경줄이 굵은 사람들이었다.

재훈은 자기 방에 올라와 환기를 시켰다. 조지아의 날씨가 이제 좀 견딜 만해졌다.

*

재욱은 오래간만에 카드 테이블에 앉았다. 카드 테이블은 상사들의 숙소에 제일 가깝고 넓은 휴게실에 있었다. 식탁에 얇은 비행기 담요를 씌워 못으로 고정시킨 것이었다. 초록색 부직포가 덮인 고급스러운 정식 테이블은 아니었지만 어두워지면 그럭저럭 분위기가 났다. 사막 한가운데 별다른 여가 없이 고립된 남자들의 성지였다.

포커 판이 한창이었다. 재욱이 끼기에는 판돈이 부담스럽게 올라가 있었다. 그런 게임들이 진행될 때면 재욱은 자진해서 딜러 역할을 맡아왔고 카드 한 장 흘리지 않고 잘한다고 칭찬을 받곤 했다. 그런 재욱이 웬일로 판에 끼자 잠시 테이블이 술렁였다.

"돈 모아서 장가가야지?"

"그러려고 꼈습니다."

만약 이것이 누군가의 설계라면, 아주 높은 패는 아니라도 플러시 정도는 손에 착 감길 줄 알았다. 기대가 무색하게 재욱은 내리 열 판에 가깝게 돈을 잃었다. 가장 크게 잃은 축이 아니었는데도 예상을 초과한 출혈이었다. 여자친구에게 전화가 왔지만 받을 수 없었다. 여덟 명이 꽉 앉아 있다가 자정이 넘자 반으로 줄었다. 조바심이 날 만도 했는데 나지 않았다. 재훈은 재욱이 점점 재미없어진다고 투덜거렸지만 재욱은 예전보다 긴장하지 않는 자신의 상태가 나쁘지 않았다. 느긋하게 기다리자 열두 번째 판에 포 오브 어 카인드가 손 안에 만들어졌다. 재욱의 레이즈를 쫓아온 것은 마침 부장님이었다. 부장님에게는 학원비가 많이 드는 고등학생 연년생이 있었다.

"부장님, 돈 말고 다른 걸 걸면 안 될까요?"

"돈 말고 뭐?"

나쁘지 않은 반응이었다.

"모레 꼭 휴가를 삼 일 정도 써야 하는 상황인데 제가 이기면 좀 조율해주세요. 굉장히 여러 사람의 일정을 건드려야 하는 무리한 부탁인 건 알고 있습니다."

"삼 일? 인천공항만 밟고 도로 오게?"

"수도에 볼 일이 있습니다."

"여자친구가 온대?"

재욱이 웃으며 고개를 흔들었다.

"산제이 씨도 삼 일만 같이 보내주세요."

"산제이 원, 투, 쓰리, 포 중에 누구? 성이 뭐야?"

"네 명이나 있었군요. 저랑 동년배인 산제이 바부 씨요."

"바부 씨……? 아, 그 젊은 친구구나. 둘이 수도 가서 뭐하려고?"

이번에는 어물쩍 대답하지 않았다. 부장님이 알아내려는 눈빛으로 재욱을 쳐다보았지만 그런다고 알아낼 수 있을 리가 없었다.

"중요한 일이야?"

"네."

"내가 이기면?"

"뭘 할까요? 부장님 필요하신 거 뭐든지요."

"파견 근무 연장 신청 넣기? 플랜트 완공될 때까지 어때, 콜?"

삼 일 휴가 달라고 했는데 몇 개월을 요구하다니 불공평했지만 일을 그렇게 못하지는 않았나보다, 하고 칭찬으로 받아들였다. 지켜보던 다른 사람들도 집중하는 가운데 카드를 뒤집을 때가 왔다. 재욱의 손에는 10 네 장이 있었다. 더 높은 끗수의 포 오브 어 카인드나 스트레이트 플러시가 부장님 손에 있으면 다시 계획을 세워야 했다. 다른 계획이 가능할지 재욱으로서는 암담한 상황이었다. 부장님의 카드가 한꺼번에 툭 넘어갔다.

풀하우스였다. 재욱이 안도의 한숨을 쉬었다. 부장님은 아이고, 하고 크게 탄식했지만 역시 안도하는 기색이 역력했다. 그대로 돈을 걸었다면 가정 경제에 꽤 부담이었을 금액이었다.

"모레부터 삼 일만 빼주면 돼?"

"네."

"다녀 와. 뭔지 몰라도."

이제 부장님과 다른 상사들의 눈에는 궁금증만 남았다.

"잘 끝내고 말씀드릴게요."

재욱은 그 이후 판에 두 판 정도 건성으로 임해서 져주고 물러났다.

다음 날 오침 시간에 산제이에게 소식을 전했다. 산제이가 부스스한 얼굴로 물었다.

"왜 오늘부터가 아니라 내일부터예요?"

"휴가 스케줄 바꾸기가 그렇게 쉽지 않을 거예요. 지금쯤 부장님 퍼즐 맞추는 기분일걸요."

"정말 내 휴가까지 가능할 줄은 몰랐네요."

"잠을 못 잤어요?"

"아까 새벽에 애들한테 에너지바 몇 개랑 물, 갈아입을 옷 넣어줬어요. 빨래 잘못해서 줄어든 옷들이 있어서."

그저 즐거워 보이는 사람이지만 사실은 좋은 사람이기까지 하다고 재욱은 산제이를 높이 평가했다. 재욱은 포커 판의 여파로 평소보다 늦게 일어났기 때문에 아이들을 숨긴 방을 들여다볼 여유가 없었다.

"이따가는 제가 챙길게요. 내일도 새벽에 나가야 하니까 오늘은 너무 무리하지 말아요."

무리하지 말라니, 현장에서 말이 되는 소리를 하라고 산제이가 핀잔을 주었다. 하긴 재욱도 자리를 비우기 전에 처리할 일이 산더미였다. 피곤해서 더 얕은 잠을 잤다. 산제이도 마찬가지였는지 이른 새벽 아이들을 데리러 복도 앞에서 만났을 땐 머리는 까치집에 눈은 움푹 꺼져 있었다.

아이들은 원래 입었던 교복을 비닐봉지에 갈무리하고 산제이의 줄어든 옷들을 입고 있었다. 그것도 많이 컸다. 자꾸 머물렀던 어두운 방을 돌아보았다.

"걱정 마. 있었던 흔적은 우리가 알아서 할게."

산제이가 말하자 이번에는 살짝 덜 불안한 표정으로 가방에 들어가서 웅크렸다. 사십 킬로그램쯤 되는 것 같은 소녀들을 한 명씩 어깨에 메고 계단을 조심조심 내려갔다. 전날 회사에서 빌려둔 차를 가까이 세워두어서 가방을 떨어뜨리는 사고 같은 건 일으키지 않을 수 있었다.

반쯤 완성된 플랜트도 주변의 숙소들도 고요히 모두 잠들어 있었다. 파견을 와서 일찍 일어나는 게 습관이 된 재욱도 이 시간의 사막은 처음이었다. 산제이는 꽤 신이 난 모양인지 해가 뜨려면 멀었는데 이미 이마에 선글라스를 얹고 있었다. 뒷좌석에 지퍼를 열어두고 플랜트가 시야에서 완전히 사라질 만큼 멀리 간 다음에 아이들에게 나오라고 말했다. 두 사람이 조용히 가방에서 나왔다.

산제이가 아이스박스에서 콜라를 꺼내주었다. 아이들은 별말 없이 캔을 따서 마셨는데 몇 모금 후엔 한 명이 울기 시작했다. 앞좌석의 두 사람은 당황했다.

"우키, 저 애가 울어요."

재욱으로서는 상상하기 어려웠지만 어마어마한 일을 당한 사람일수록 아무렇지도 않은 것에 울음을 터뜨릴 수도 있겠다는 생각이 들었다. 끔찍한 날들을 보내고 난 다음의 콜라 따위에 말이다. 산제이가 뭔가 다른 걸 줘야 할까 아이스박스를 공연히 열었지만 좀 있다 먹을 샌드위치와 생수밖에 남은 게 없었다. 재욱이 룸미러로 뒷좌석을 보니 울지 않는 아이가 우는 아이의 어깨를 안아주고 있었다.

"괜찮을 것 같아요."

곧 해가 떴기 때문에 재욱도 선글라스를 썼다. 긴 운전이 될 것이었다.

*

"어떻게 하면 사람이 현관문을 찌그러뜨리지? 곰도 아니고?"

발로 차 찌그러뜨린 부분이 아래라 문은 겨우겨우 잠겼다. 벌어진 틈으로 바람이 들어왔을 뿐 아니라 보기 불안했다. 재인이 도착하자 경아는 서럽게 울다가 겨우 진정했다.

"덩치가 커. 힘도 좋아."

"원하는 게 뭐래?"

"다시 만나자와 죽여버리겠다의 중간쯤 되는 것 같아."

"미친놈, 다시 만날 수 있을 리가. 경찰이 왔다고?"

"응. 다른 사람들이 신고해줬어. 문을 차면서 고함을 지르니까."

"그래서?"

"일단 데리고 가고 벌금형이라던데."

"벌금?"

"응, 또 그러면 신고하고 접근 금지 가처분 신청하라더라."

"그것뿐인가. 불안해서 어떻게 지내라고?"

"그것도 그렇지만 나 쪽팔려서 회사 어떻게 다니지?"

재인은 쭈그리고 앉은 경아를 안아주었다. 새를 안은 것처럼 가늘었다. 이런 체구를 현관문을 부수는 거한이 위협했다는 건 아주 화가 나는 일이었다.

"쪽팔린 일 아니야. 누구나 이상한 사람 한 번쯤은 만나봤을 테니 이해할 거야. 헤어져보기 전에는 모르는 거니까. 사귈 때도 폭력적이었어?"

"나한테는 폭력적이지 않았어. 술 먹고 친구랑 싸우거나 길에서 시비가 붙으면 험악해져서, 사실 그런 게 싫어서 헤어졌지. 원거리 연애도 문제였지만."

"잘 헤어졌네."

"사실 지난주에는 붙잡혔었어. 회사 앞에서."

경아가 멍 든 손목을 보여주었다. 이미 11월 말이었으므로 집에서도 긴 소매였기에 재인은 전혀 알아차리지 못했다.

"용케 빠져나왔네."

"경비 아저씨가 쫓아나와주셔서. 역시 회사 그만둘까봐. 이미 다 소문났을 거야."

"말도 안 되는 소리. 어떻게 만난 사이랬지?"

"소개팅."

"주선자가 나빴네."

"그 언니도 몰랐겠지."

재인은 웅크린 경아를 두고 붙박이장에서 트렁크를 꺼내 왔다. 하나는 컸고 하나는 기내용으로 작았다. 마치 키 큰 재인과 조그만 경아 같았다.

"귀중품이랑 며칠 지낼 거 챙겨. 문이 잠기긴 해도 불안하니까."

"우리 어디 가는데?"

"엑스포 공원 옆에 비즈니스호텔 아무거나 예약하자. 여기 어떻게 있겠어. 또 오면 어떡해."

"미안해."

사과하는 경아에게 고개를 저었다. 형편없는 사람들은 많다. 재인은 아빠 덕분에 연애를 막 시작한 나이부터 형편없음에 대한 예민한 안테나가 발동하여 용케 피한 셈이었지만, 아무리

경계심 있는 여자라 해도 폭력적인 남자에게 걸려드는 건 순식간이라는 걸 알고 있었다. 형편없음은 다른 종류의 형편없음과 언제나 일맥상통하므로 형편없음에 대한 예방주사는 일찍 맞을수록 좋으리라고 재인은 생각하곤 했다.

두 사람은 쉽게 짐을 쌌고, 비즈니스호텔의 커튼은 두꺼운 암막 커튼이어서 푹 잘 수 있었다. 훌쩍거리던 경아는 재인보다도 더 깊이 잠들었다.

아침 식사는 된장국, 토스트, 과일 정도로 간단했지만 숙면 후라 입맛이 돌았다. 아침을 먹었더니 아이디어가 떠올랐다.

"그 사람 땅콩 알레르기랬나?"

"아니, 복숭아."

마침 과일을 먹고 있던 경아가 대답했다.

"심하다 그랬지? 알레르기."

"응, 칵테일에 조금 들어간 것 가지고도 입술이랑 입안이 엉망으로 부풀어오르고 반점 퍼지면서 거의 제대로 서 있질 못하던데. 왜? 찾아가서 황도라도 던지게?"

"아니, 혹시 다음에 찾아오면 대비가 되어 있어야 할 거 아냐. 또 손목을 잡힐 수는 없잖아."

그 말을 듣자 경아가 소매를 걷어냈다.

재인이 그 후 며칠 동안 만든 것은 인조 손톱이었다. 요즘은 아닌 것 같지만 아주 긴 손톱을 붙이는 게 유행이었을 때도 있었다. 불편하기도 하고 아마 위생적인 이유 때문에 유행이 바뀐 것일 터였다. 그 잊혀진 유행이 재인의 머릿속에 반짝 떠올랐던 것이다. 재인은 경아의 손톱에 꼭 맞게 인조 손톱을 만들었다. 그냥 인조 손톱이 아니라 이중으로 되어서 안쪽에 액체가 들어 있었다. 복숭아 엑기스였다.

막상 퇴근 후 경아의 열 손가락에 꼼꼼하게 붙여줄 때는 사태의 심각함도 잠시 잊을 수 있었다. 남동생들밖에 없어서 이런 걸 해보고 싶었다는 감상마저 들었다. 경아는 길어진 손톱이 어색하면서도 신기한 모양이었다.

"스타킹 신을 때 조심해야 해. 할퀼 때 효과가 크도록 미세하게 돌기가 달려 있거든. 올 나갈걸."

"난 더 진한 색이 좋은데."

"그거야 지금 칠해줄 수도 있어. 하지만 눈에 안 띄는 편이 좋지 않아?"

"이건 정말 손톱 같다. 신기하네."

그야 정말 손톱이니까, 하고 재인은 뜨끔해했다.

"불편해?"

"아니, 안 불편해. 어떻게 꺾으라 했지? 아래로? 위로?"

"위로 꺾으면 나와. 야광봉 꺾을 때처럼 꺾으면 돼."

"쓸 일이 없으면 좋겠다."

"2주만 붙여보고 안 오면 떼자."

경아와 재인의 바람과는 달리 2주도 안 돼 쓸 일이 있었다. 경아의 스토커 전 남자친구는 그다음 주에 대전에 나타났고, 야근을 하고 돌아오던 경아에게 목을 조르는 것과 멱살을 잡는 것의 중간쯤 되는 폭행을 가했다. 이번에는 경아도 준비가 되어 있어서 곧바로 재인의 복숭아 손톱을 사용했고, 재인도 경아를 데리러 나가는 길이어서 그 사람이 경아를 쥐고 흔드는 동영상을 찍을 수 있었다.

"이야, 너 어떻게 그럴 수 있었어? 달려오다 말고 거기서 동영상을 찍다니. 내가 머리가 막 흔들리면서도 깜짝 놀랐다니까."

모든 상황이 종료되고 경찰서에서 경아가 재인에게 말했다.

"손톱 쓰는 거 보고 괜찮을 것 같아서 그랬지. 증거가 있으면 뒤처리가 편할 것 같아서. 나 너무 냉정했어? 우리 엄마가 맨날

나 냉정하다고 욕하는데."

"아냐, 섭섭하단 뜻은 아니었어. 오히려 냉정한 사람만의 미덕 같은 걸 느꼈어."

경아는 진심으로 섭섭하지 않은지 막 웃기 시작했다. 긴장이 풀려서였겠지만 웃는 것도 약간 걱정이 되었다. 경찰서에는 복숭아 핸드크림을 발랐다고 해뒀다. 스토커는 구급대원의 조치를 받고서야 똑바로 앉아 조사를 받을 만큼 상태가 나아졌고 넋이 나간 얼굴을 보아하니 다시 나타날 것 같지는 않았다.

다시 나타나면 그때는 복숭아 함량을 훨씬 더 높일 거야. 치사량이 될 만큼 넣을 거야. 재인은 위험한 생각을 하다가 흠칫 놀랐다.

손톱은 무기였다. 문명사회에서 태어나 잊고 있었지만 확실히 무기였다. 경아를 도왔으니까, 한동안 정신없었던 모든 일들이 이제는 끝나게 될까 싶었다. 이상하게 아쉬웠다. 무기를 가지고 있는 기분, 누군가를 구하고 싶다는 의지는 재인에게 활력이 되었던 것이다. 재인은 어렸을 때부터 이런 이야기를 좋아했다. 여자아이가 대부분의 이야기에서처럼 누군가에게 구해지지 않고 다른 사람을 구하는 이야기. 여자아이가 다른 여자아이를 구하는 이야기.

아직도 여전히 이해할 수 없는 방식으로 그 이야기 속에 떨어졌었지만, 이제는 빠져나가게 될지도 모른다는 생각이 들었다. 나쁘지 않았다고 스스로에게 말해보았다.

조깅을 시작했다. 육상부였던 주제에 너무 오래 쉬었다는 반성이 찾아왔던 것이다. 손톱을 조금 길렀다.

*

크리스마스 휴가를 앞두고 과학 선생님이 흥미로운 대회를 제안했다. 전교생이 백 명이 안 되는 작은 학교라서 가능한 것이었겠지만 두 사람씩 짝을 지어 종이비행기를 접도록 했다. 그리고 2주일 후 가장 멀리 나는 비행기, 가장 오래 나는 비행기를 대회를 통해 뽑아 상을 주기로 한 것이다.

"으잉, 그런 상을 받아서 뭐해?"

"글쎄, 대입 에세이에 써도 되고."

얼떨떨하게 묻는 재훈에게 피비가 상큼하게 대답했으므로 재훈은 내심 피비와 파트너가 되길 원했지만 테이트와 짝이 되었다. 과학 선생님은 대학 시절 기네스북 기록에 도전하기도 했었다고 했다. 실패했지만 좋은 기억으로 가지고 있는지 학생들에게도 권한 모양이었다. 유튜브에서 연도별 기록 수립자들의 비행기 접는 방법 동영상을 보여주었다. 기존의 디자인을 택해도 좋고 변형하거나 새로 만들어도 된다고 했다. 재훈은 문득 형이 생각났다. 형이 이런 거 잘하는데. 하지만 형은 사막에서 고생하고 있을 것이므로 테이트와 이것저것 시도해보기로 했다. 금방 진척을 얻지는 못했다. 두 사람의 종이비행기는 보통의 종이비행기가 나는 만큼만 딱 날았다.

"던지는 것도 중요하대. 미식축구 쿼터백들이 던진다던데?"

테이트와 재훈 중에 팔 힘이 더 좋은 건 재훈이었으므로 던지는 연습까지 해야 했다. 테이트가 잠자리 같은 안경을 쓰고 이래라저래라 훈수를 두었으므로 재훈은 이러다 살이 빠지겠다고 투덜거렸다. 그나마 재훈네 팀은 열심히 하는 편이었다. 개비가 단구증인가 뭔가 하는 것에 걸려 결석중이었으므로 피비는 꼬마들이 접는 비행기를 한두 번 접어보더니 다른 공부를 했다. 다들 열심히 하지 않아서 어쩌면 승산이 높을지도 모르겠다 싶자 은근 의욕이 생기는 것이었다. 수학 과학 영재라고 잘못 난 소문을 확실히 굳히고 돌아가고 싶었다. 과학 선생님은 재훈이랑 마주칠 때마다 액션 카메라니 드론이니 대회를 촬영할 계획에 대해 신이 나서 이야기했다. 선생님을 실망시키고 싶지 않았다. 테이트가 먼저 점심을 먹으러 들어가고 마지막으로 한 번 더 던졌을 때, 비행기는 학교 바깥까지 날아갔다. 최종 참가할 비행기는 아니었지만 제법 잘 나는 녀석이었으므로 얼른 찾으러 갔을 때 멀리서 학교 쪽으로 걸어오는 두 사람을 보았다. 좀비 드라마 엑스트라들인가?

아니, 저건 버섯 먹은 사람들이다. 이제 재훈도 구분을 할 줄 알았다. 휴가를 앞둔 마지막 평일이었다. 그 기분에 막 버섯을 주워 먹었나보다, 재훈은 한숨을 쉬었다. 조지아는 어쩜 그리도 버섯이 잘 자라는 날씨란 말인가. 걸어오는 두 사람은 게다가 각자 장총과 길게 휜 칼을 들고 있었다. 재훈은 습지에서 저 칼을 사용한다는 걸 알고 있었다. 이름이 뭐더라. 별 생각 없이 걸어오는 모습을 지켜보았는데 두 사람이 재훈을 보더니 뭐라고 서로 의견을 나누었다. 그러고는 아까보다는 확신에 찬 걸음으로 학교를 향해 오기 시작했다.

왜?

왜 학교로 오는데?

재훈은 자신의 어떤 부분이 버섯돌이들을 자극했는지 도무지 알 수 없었지만 무기를 가진 환각 상태의 남자들이 학교로 와서 좋을 일은 하나도 없었다. 학교는 작고 개방적인 건물이었다. 재훈은 얼른 식당으로 달렸다. 평생 그렇게 빨리 뛰어본 적이 없었다.

테이트와 피비는 다행히 입구에서 가까운 곳에 앉아 있었다.

"마테."

재훈이 급하게 말하자 테이트가 무슨 말인가 하고 올려다보았다. 나중에야 깨달았지만 재훈은 마체테라고 말한다는 것을 착각하고 말았다.

"칼."

"칼?"

피비가 식사용 나이프가 필요하냐고 들고 있던 걸 내밀었다. 피비의 얼굴에 얘가 왜 갑자기 다시 영어를 못하지, 하는 표정이 스쳐 지나갔다.

"아니 아니, 그게 아니라 칼이랑 총을 든 버섯 먹은 남자들이 이쪽으로 오고 있어."

재훈이 드디어 문장으로 말하자 테이트의 얼굴이 하얘졌다. 창밖을 확인하더니 더욱더 하얘졌다. 테이트는 얼른 테이블 위로 올라갔다.

"무장한 사람들이, 아마도 환각 상태인 사람들이 이쪽으로 오고 있어! 문이 잠기는 교실로 가서 문을 잠가! 선생님들한테 알리고 경찰에 전화해!"

테이트는 꽤 차분하게 외쳤지만 받아들이는 다른 아이들은 그만큼 차분하지 못했다. 일단 어린 학생들이 비명을 지르며 교실 쪽 통로로 몰렸고 더 큰 아이들은 핸드폰으로 경찰에 연락하려 했지만 워낙 전파 상태가 나빴다. 학교에서 일부러 나쁘게 한 것은 아니고 마을 중심부에서 떨어져 있어서 그런 것이었지만, 아이들이 핸드폰을 쓰지 못하게 방침상 개선시키지 않았던 것이다. 재훈은 식당을 둘러보았다. 선생님들이 한 명도 없었다. 선생님들은 점심시간만이라도 아이들에게서 벗어나 교사 라운지에서 쉬곤 했다.

그새 흐느적거리는 두 버섯 복용자가 식당의 바깥문에 다다르고 있었다. 문 쪽에 앉았던 재훈 일행은 미처 빠져나가지 못한 상태였다. 복도에서 교실 문들이 잠기는 소리가 들렸다. 아직 교실에 들어가지 못한 아이들이 패닉했다.

세 명을 구하라 했어. 재훈은 멀미 같은 걸 느끼면서도 생각하려고 노력했다. 분명히 그랬다. 세 명이랬다. 재훈은 피비와 테이트를 챙기고, 나머지 한 명이 누군가 돌아보았다. 휴지통 근처에 와이어트가 넘어져 있었다. 건초기에 발가락이 잘리는 바람에 미식축구부에 재훈을 대신 집어넣었던 그 와이어트였다. 평소에는 잘만 걸어다니더니 급해지니까 넘어진 모양이었다. 재훈은 얼른 가서 와이어트를 일으켰다.

그때 재훈의 눈에 엘리베이터가 들어왔다. 학교는 단층 건물이었다. 평소에는 그걸 엘리베이터라고 여기지도 않았다.

그 자그만 철제 상자는 지난 세기에 지어진 방공호로 내려가는 운반함으로, 방공호는 이제 급식 재료 저장소로 쓰이고 있었다. 사실 원래의 목적인 방공호로 쓰인 적은 한 번도 없었다. 2차 대전과 냉전 시기 쿠바와의 험악한 분위기를 겪으며 지어둔 것이었다. 서늘하고 건조해서 식료품을 저장하기에 좋았다. 급식사들이 점심마다 백 명을 먹일 식재료를 올리는 게 너무 불편하다고 해서 작은 엘리베이터를 만든 건 채 몇 년 되지 않은 이야기였다. 급식사들은 부엌 뒷문으로 잘 빠져나간 것 같았다. 제발 경찰을 불러줘요, 속으로 중얼거렸다.

재훈이 세 아이를 그 엘리베이터 앞으로 데리고 가자 피비가 당황해서 외쳤다.

"제이, 우리는 열쇠가 없잖아. 이 엘리베이터를 작동시킬 수 없어."

"아냐, 있어."

티셔츠 안쪽으로 언제나 목에 걸고 있었다. 알 수 없는 누군가가 국제 소포로 보낸 열쇠를 말이다. 재훈은 확신을 가지고 열쇠를 엘리베이터 옆에 있는 구멍에 밀어넣었다.

"그 열쇠가 왜 대체 너한테 있어?"

테이트는 놀란 것 같았지만 기계가 움직이는 소리가 나자 더 묻지 않았다. 작은 방울 소리와 함께 문이 열렸다. 재훈은 세 아이가 먼저 들어가게 한 다음 다시 닫았다. 와이어트가 넘어지면서 다쳤는지 조그맣게 신음 소리를 냈다.

문이 닫히기 전에 학교로 들어온 두 남자 중의 한 명과 눈이 마주쳤다. 흐린 눈이었다.

*

   재욱은 믿을 수 없었다. 이토록 현대적인 도시, 가장 뛰어난 건축가들이 21세기의 모든 것을 쏟아부어 지어낸 이 도시가 온통 이렇게 붉다니.

   도심의 호텔에 방들을 잡고 산제이에게 아이들을 맡긴 채 혼자 앞으로의 일들을 알아보러 나왔는데 오후 내내 소득이 없었다. 재욱은 빌딩과 빌딩을 잇는 구름다리에서, 빌딩과 빌딩 사이에 부는 에어컨 바람을 쐬며 서 있었다. 앉을 곳이 없어서 맨바닥에 그저 주저앉고 싶었다. 재욱이 외무부 앞, 경찰청 앞, 이 나라에서 유일하게 인증을 받은 인권단체 앞을 서성거릴 때마다 경고등이 켜졌다. 재욱 안에 누군가가 심어놓은 감별능력이 작은 전구를 켰다. 비이성적이지만 효율적이었던 능력이라 이번에도 믿을 수밖에 없었다. 여섯 시간이나 달려왔는데 여전히 안전하지 않다니, 재욱은 한숨을 쉬었다.

   하기야 한 나라에 인증받은 인권단체가 하나밖에 없다는 것부터가 문제였다. 그 단체조차 감옥에 수감된 정치범들을 돕는 목적으로 특화되어 있었다. 인증을 받지 못한 다른 인권 단체

들도 분명 어딘가에서 활동하고 있을 텐데 재욱으로서는 닿을 방법이 없었다. 더위와 실망 때문에 어지러움증을 느꼈다. 곁을 지나던 사람들이 괜찮냐고 물어볼 정도였다.

호텔에 돌아왔더니 세 사람은 방 하나에 모여 꼼짝도 하지 않은 모양이었다. 바닥에 신문지가 깔려 있고 머리카락이 좀 떨어져 있는 걸로 보아 산제이가 아이들의 머리를 다듬어준 듯했다.

"필요한 것도 사고 구경도 하고 그러지 그랬어요?"

일부러 카드를 맡기고 갔던 재욱은 묻지 않을 수 없었다.

"아이들이 가고 싶지 않아 했어요. 룸서비스를 시켜 먹었어요. 밖에 나가지 않은 대신 이야기를 많이 했어요."

산제이가 종이 한 뭉치를 건넸다. 산제이와 아이들이 서로 다른 아랍어 방언을 써서 그간 의사소통이 어려웠는데 필담이 성과가 있었나보았다. 아이 하나가 종이 하나를 집어들고 말했다.

"히얌."

오면서 울었던 아이다. 울었던 아이의 이름을 재욱은 따라서 반복해보았다.

"수아드."

울지 않았던 아이도 이름을 알려주었다. 재욱이 그 아이의 이름도 따라 했다.

"애들이 학교 이름도 가르쳐줬어요. 우키가 알아볼래요? 아무래도 인신매매단이 학교를 습격한 것 같아요."

산제이가 알려준 학교 이름으로 뉴스를 검색해보았지만 습격에 대해서는 나오는 게 없었다. 학교가 습격을 받아도 뉴스가 되지 못했거나, 혹은 뉴스가 되는 걸 막았거나 했을 텐데 어찌 되었든 그런 나라로 아이들을 돌려보낼 수는 없다고 다시 마음먹었다. 그 학교는 전쟁고아, 특히 소녀들을 위해 지난 세기에 꽤 유명했던 할리우드 여배우가 지은 학교였다. 아이들이 전쟁고아였다니 겪지 말아야 할 일을 벌써 두 번이나 겪은 것이었다.

"이제 어떻게 하죠?"

산제이가 최대한 재촉하지 않으려 노력하며 물어왔다. 벌써 휴가 중의 하루를 쓴 것이다. 남은 이틀도 돌아가는 시간을 생각하면 온전하지 않았다. 그 순간에 문득 여자친구 생각이 났다.

"여자친구는 구글링을 잘해요."

"네?"

"거의 전문가예요. 친구들이 막 만나기 시작한 상대 뒷조사를 어마어마하게 해내요. 일주일에 한 번씩은 의뢰가 들어오는 것 같아요."

"경찰 같은 거예요? 탐정?"

"아뇨, 평범한 회사원이에요. 사이버수사대에서 일했으면 더 적성에 맞았을지도 모르지만요."

"요가를 잘한다는 그 여자친구?"

"요가도 잘하고 구글링도 잘해요."

재욱이 본의 아닌 자랑을 했지만 산제이는 친절하게 수긍해 주었다.

"여자친구랑 통화를 좀 하고 올게요."

비어 있는 다른 방으로 가서 여자친구에게 전화를 걸었다. 사나흘 제대로 통화하지 못했다는 점 때문에 마음이 무거웠다. 중간중간 메시지를 주고받긴 했지만 그걸로는 부족할 수밖에 없었다.

전화를 받는 순간부터 여자친구의 목소리에서는 섭섭함과 거리감이 느껴졌다. 재욱은 반성했다. 그간의 일들을 최대한 자세히 말하자 그나마 누그러졌다.

"그래도 나한테 더 일찍 말했어야 해."

여자친구는 부드러운 성격이었지만 그런 성격의 사람이 할 수 있는 한 최대한으로 단호하게 말했다.

"응, 왜 그랬는지 모르겠어. 멍하고 둔했어."

그다음 설명은 어려웠다. 왜 아이들을 바로 다른 사람 손에, 기관의 손에 맡길 수 없는지를 설명해야 했다. 눈앞이 빨개져, 라고는 도무지 할 수 없었다.

"신뢰할 수 없어."

재욱이 할 수 있는 최선의 설명이었다.

"하지만 거긴 그쪽에서 상대적으로 개방적이고 현대적인 곳이잖아?"

"그렇긴 하지만 '상대적'인 게 문제야."

진지한 부탁이란 걸 깨닫자 여자친구는 알아보겠다고 했다. 새벽에 깨워서 이런 걸 시키는 애인은 최악이라고 덧붙였지만 목소리에 살짝 웃음기가 있었다. 처음부터 여자친구에게 이야기했어야 했다. 여자친구를 포함시켜야 했다. 재욱은 여자친구가 보고 싶었다.

하루 종일 방 안에 갇혀 있었던 산제이를 호텔의 루프 탑 바로 올려보내고, 이번엔 재욱이 아이들을 보았다. 수아드는 열두 살, 히얌은 열 살이라 했으니 계속 지켜봐야 할 나이는 아니었다. 그걸 알면서도 어째선지 지켜봐야 할 것만 같았다. 아이들은 텔레비전을 보다가 잠들었다. 각자의 침대가 있는데도 한 침대에서 붙어 잤다. 불안해서 그러는 건가 싶어 마음이 좋지 않았다. 낮 동안 아이들이 쓰거나 그린 종이 뭉치들을 들춰보았다. 손을 잡고 트럭에서 뛰어내리는 두 아이의 그림이 있었다. 글씨들은 하나도 알아볼 수 없었기 때문에 재욱이 수집할 수 있는 정보는 너무 적었다. 아랍어를 공부할걸, 가벼운 후회를 했나. 하지만 졸업을 위한 토익 최저 점수도 힘겹게 넘겼으니 아랍어는 무리였을 것이다. 재욱이 소파와 발코니를 오락가락하며 잠들지 못하고 있을 때 여자친구에게 다시 전화가 왔다. 서울은 이제 아침일 것이었다.

"제네바로 보내는 게 좋겠어."

"제네바?"

재욱은 비행기표며 뭐며 준비된 것이 없어 머릿속이 하얘졌다.

"거기 유엔난민기구 본부가 있어. 제네바로 데려가줄 수 있을 것 같은 사람도 찾았어."

"그렇구나, 누구?"

인권 운동 경력이 있는 노르웨이 대사가 현재 이 도시에 부임해 있다고 했다. 몇 년 전 자국민이 억울하게 투옥을 당한 이후 새로 부임한 대사라고 했다.

"그 애들 신분 증명할 게 하나도 없잖아? 난민 여권이라든지 다른 서류들도 필요하고. 내가 그 대사관과 미팅을 잡아놨어. 바로 잡을 수는 없어서 그쪽 시간으로 모레 아침이야."

"고마워."

재욱은 여자친구를 꽉 안아주고 싶었다. 그럴 수 없는 거리에 있다는 게 아쉬워서 몸이 잠시 떨릴 정도였다. 재욱의 그런 기분만은 여자친구에게도 전해진 것 같았다.

모레 아침이면, 실패할 경우 재욱은 무단결근을 해야 할 터였다. 그랬다간 산제이는 해고당할 것이므로 먼저 돌려보내야 하고 말이다. 아이들과 하루를 더 보낼 수 있게 된 것은 그 와중에 좋았다.

외출을 하자고 했더니 아이들은 히잡을 쓰겠다고 했다.

"하지만 너희는 원래 안 썼잖아?"

학교 방침이었는지 아직 초경을 하지 않은 나이여선지 확실히 알 수 없었지만 아이들은 처음 만났을 때부터 맨머리였다. 이해할 수 없어 하는 재욱과는 의사소통이 아예 되지 않았으므로 수아드는 표준 아랍어를 사용하려 노력하며 산제이에게 설명했다.

"아마 길에서 누가 시비를 걸까봐 쓰겠다는 것 같아요."

산제이도 내키지 않아 했지만 호텔 아래 아케이드에서 히잡 두 장을 사는 것은 쉬웠다. 아이들은 제법 능숙한 손으로 히잡을 둘렀으며 서로의 삐져나온 머리카락을 안쪽으로 밀어넣어주었다. 재욱은 그제야 전날 거리를 다닐 때 현지 여성들을 본 적이 없다는 걸 깨달았다. 외국 여성들은 많았지만 현지 여성들은 주로 실내 생활을 하는 듯했다.

여자친구가 아이들에게 필요할 만한 물건의 목록을 만들어주었으므로 재욱의 쇼핑은 수월했다. 재욱은 그 리스트에 없는 것도 샀고 아이들이 원하지 않는 것도 사서 안겼다. 그렇게 호쾌하게 쇼핑을 해본 게 얼마 만인지 몰랐다. 아니, 태어나서 처음인 것 같았다. 파견을 나와서 일시적으로 높아진 연봉은 돌아가면 원상복구될 것이었지만 지금껏 쓸 일이 별로 없어 거의 고스란히 쌓여 있었다. 외출복과 실내복, 운동화와 구두, 수건과 슬리퍼, 각종 학용품, 선크림과 클렌징 제품 그리고 그 모든 걸 넣을 작은 여행가방을 사주었다. 히얌과 수아드는 한참을 고민하더니 색깔만 다른 같은 디자인의 가방을 골랐다. 아이들은 제네바로 보내질 것이었고 그다음 행선지는 알 수 없었다. 사막을 건너온 아이들에게는 여정이 아직도 많이 남아 있었다.

산제이에게도 이것저것 선물하고 싶었지만, 산제이 쪽이 받고 싶어하지 않았다.

"우린 친구예요. 친구는 한쪽만 선물을 주면 안 돼요."

둘 다 비슷하게 고생을 해왔지만 봉급 차는 몇 배나 될 것이었다. 재욱이 끈질기게 졸라 시계를 하나 선물할 수 있었다. 태양전지가 들어 있어서 깨뜨리지만 않으면 사막에선 줄곧 작동할 시계였다. 그렇게 싫다 하더니 산제이는 시계에서 눈을 뗄 줄 몰랐다. 재욱은 여자친구에게 줄 핸드백도 샀다. 도시 전체가 면세여서 꼭 사주고 싶었다. 재욱이 수많은 핸드백 중 괜찮아 보이는 걸 고르자, 갑자기 수아드가 강력하게 고개를 저었다. 지금껏 그토록 강렬한 의사 표시를 하는 걸 본 적이 없었기에 산제이가 막 웃었다. 히얌이 '그게 아니라 저게 더 예뻐요' 하는 식으로 다른 걸 가리켰다. 이번엔 수아드도 고개를 끄덕여주었다.

비행기를 그려서 앞으로의 일을 간단히 설명해주니 아이들은 약간 겁먹은 듯 보였지만 잘 이겨냈다. 하루 종일 도시를 씩씩하게 구경했다. 운동화를 사준 이후로는 제법 잘 걷는 것 같았다. 새로 산 여행가방을 직접 들고 싶어 해서 무거운 것은 빼고 매주었다.

호텔 근처의 제법 좋은 식당에 네 사람이 나란히 앉았을 때, 재욱은 콜라를 마시며 울었던 것처럼 히얌이 또 울지 않을까 걱정했지만 그러지는 않았다. 좋은 식당은 모조리 높은 곳에 있었다. 네 사람은 아름다운 야경과 야경을 부분 부분 흐리게 만드는 모래바람을 바라보며 느긋하게 밥을 먹었다. 메인 코스도 좋았지만 후식으로 나온 과일 디저트가 더 인상 깊었다. 수아드가 작게 탄성을 흘렸으므로 뿌듯했다. 아이들의 일이 잘 풀릴 거라는 예감이 들었다.

다음 날 노르웨이 대사관에서 납치범처럼 취급받으며 재욱은 예감 같은 걸 쉽게 믿지 말아야겠다고 다짐했다. 대사관 앞에서 눈앞이 붉어지지도 않았는데 당황스러웠다. 억울한 대우였지만 일단은 의심하고 보는 노르웨이 대사의 꼼꼼함이 재욱은 오히려 안심되었다. 정황을 설명하는 산제이의 이마에 혈관이 살짝 올라온 걸로 보아 산제이 쪽은 제법 화가 난 것 같았다. 다행히 아이들과 말이 잘 통하는 전문 통역관이 있어서 조사는 길어지지 않았다.

그제야 눈매가 부드러워진, 도널드 서덜랜드를 닮은 노르웨이 대사는 유창한 영어로 재욱과 산제이를 안심시키는 말을 했다. 재욱과 산제이의 플랜트 영어는 직설적이고 효율적이긴 했어도 유창하지는 않았으므로 감사 인사는 소박했다. 제네바와 노르웨이 본국 사이에서 잘 조율해서 아이들이 최대한 안전하고 건강한 환경에서 교육받을 수 있는 조건을 만들어보겠다고 했다. 최대한 빠른 시일 내로 출국할 것이며, 대사가 직접 동행하겠다는 약속도 받았다. 플랜트와 한국의 연락처를 꼼꼼하게 남긴 뒤 재욱과 산제이는 결근을 피하기 위해 돌아가기로 했다.

히얌과 수아드를 남겨두고 오는 일은 예상보다 힘들었다. 히얌은 손가락을 한참 꼼지락거리다 재욱의 손을 잡았다. 두 아이는 며칠 전처럼 불안한 표정이었다. 산제이도 불안하기는 마찬가지인지 거의 댄스 스텝을 밟듯이 어지럽게 걸어다녔다. 재욱은 히얌과 수아드 앞에 무릎을 굽히고 주머니에서 레이저 포인터를 꺼냈다. 원피스의 주머니 안쪽을 꽉 잡고 있는 수아드의 손을 꺼내 쥐여주었다.

"어디에서든 이걸 쏘면 알 수 있을 거야. 그때는 내가 그 빛을 따라서 찾으러 갈게."

뒤에 서 있던 통역관이 히얌과 수아드에게 재욱의 약속을, 거짓말을 통역해주었다. 이번엔 수아드가 울었다.

두 이이와 재욱이 다시 만나는 일은 없었다. 두 아이는 제네바를 통해 런던으로 보내졌는데, 히얌은 간호사가 되었고 수아드는 고향으로 돌아가 인신매매 척결 운동에 헌신했다. 수아드가 이끄는 지부가 처음 구조 헬기를 배당받았을 때, 수아드는 헬기 이름을 우키로 정했다. 그다음으로 장갑차를 얻었을 때는 산제이라고 붙였고 말이다. 수아드와 히얌은 재욱과 산제이의 연락처를 찾으러 수소문했지만 노르웨이 대사가 일찍 세상을 뜬 데다가 서류가 유실되어서 불가능했다.

*

응팀이 메신저로 데이트 신청을 해왔을 때, 재인은 새로 시작된 팀 프로젝트로 바쁜 참이었지만 주말을 비우기로 했다. 응팀은 완벽하진 않았지만 고쳐서 쓸 만한 남자였다. 몇 년째 연애를 쉬고 있는 차였어도 그 정도 판별할 능력은 충분히 남아 있었다.

자동차용 신개념 조명을 개발하는 프로젝트는 오랜만에 재인을 불타오르게 했다. 브레이크 등과 방향 지시등에 쓰일 붉은색 계통의 조명이었는데, 눈이 훨씬 덜 부시고 패널 자체를 자유로이 구부러뜨릴 수 있어 혁신적이리라 기대되었다.

활기차고 바쁘게 일하는 가운데 잠깐씩 응팀과 메신저로 첫 데이트를 어디서 할 것인지 의논하는 게 즐거웠다. 그런데 금요일날 엄마한테서 전화가 왔다.

"너희 아빠 도로 나갔다."

엄마가 무뚝뚝하게 말했지만 재인은 위산이 역류하는 걸 느꼈다. 엄마는 아빠가 돌아올 때도 위험해지지만 도로 나갈 때 가장 아슬아슬해진다. 데이트를 미루기로 했다. 두 남동생 중 하나만 서울에 있었어도 좋았을 텐데 둘 다 너무 멀리 있었다.

　재인이 집에 도착했을 때, 엄마는 요를 털고 있었다. 예의 아빠의 테니스채로. 기온이 훅 떨어진 데다가 겨울 햇빛은 희끄무레해서 요를 말리기엔 좋지 않은 날이었다.

　"세탁기에 털기 기능 있던데 그냥 그거 하지."

　"옛날 요라 너무 두껍고 무거워. 세탁기가 못 돌려."

　요는 과연 무거워 보였다. 난간대에서 삐거덕거리는 소리가 났다. 바깥에서 쏟아져들어온 공기가 차가웠기 때문에 코트를 벗지 못하고 엄마 뒤를 서성거렸다.

　"내가 할게, 엄마. 난간 언 것 좀 봐. 거기 좀 올라서지 마요. 그러다가 미끄러져."

　테니스채를 빼앗으려 했더니 엄마가 재인의 손을 세게 떨쳤다. 난간에서 미끄러진 것은 아니었다. 그보다는 삼십여 년 전 아파트가 지어졌을 때부터 얼었다 녹았다 하며 약해질 대로 약해진 가로대 자체가 아래로 내려앉았다. 엄마는 비명도 못 지르고 밑으로 푹 꺼져서는 아래층에 매달렸다.

　재인은 허들 선수였다. 뛰어넘어야 할 대상과 타이밍을 본능적으로 파악했다. 비스듬하게 한쪽만 매달린 난간대를 넘어 손톱으로 벽을 긁으며 내려갔다. 평소보다 길어서 유용했다. 긁힌 시멘트 가루가 머리 위로 떨어져서 재인은 고개를 흔들었다.

"엄마, 내 목에 매달려!"

엄마는 가까스로 매달려 있었다. 아래층 베란다는 리모델링을 해서 알루미늄 자재로 되어 있었다. 엄마의 무게를 충분히 견딜 만했지만 미끄러웠다. 얼굴이 붉어진 엄마는 대답도 못했다. 그러나 재인마저 떨어뜨릴까 겁이 나는지 가까이 다가가자 매달리길 거부했다. 어쩔 수 없이 오른손으로 엄마의 몸통을 안고 왼손으로만 벽을 붙들었다. 손톱이 강할 뿐 팔 근력은 형편없었으므로 재인은 속절없이 아래로 미끄러졌다.

발을 디딜 수 있을 만한 에어컨 환풍기가 있는 쪽이 아니었고, 겨울이라 열려 있는 창도 없었다. 그나마 망창이 떨어지는 속도를 줄이는 데 얼마간 도움이 되었다. 손톱으로 남의 집 망창을 네 개나 찢었지만 그런 걸 따질 때가 아니었다.

"엄마, 제발 나한테 좀 매달려!"

재인이 참지 못하고 소리를 질렀고 그제야 엄마가 재인을 끌어안았다. 양손을 쓸 수 있게 된 재인은 추락속도를 더 늦출 수 있었지만 화단에 떨어졌을 때는 두 사람 다 심각한 타박상을 입고 난 후였다. 재인은 손목뼈에 금이 갔고, 엄마는 이빨이 하나 부러졌다. 곧 온몸이 멍투성이가 될 게 뻔했다. 먼저 떨어진 요가 바로 옆에 구겨져 있었다.

사람들이 뛰어오는 소리를 들으며 두 사람은 추운 화단에 누워 있었다. 13층에서 떨어졌지만 3층에서 떨어진 것만큼 다친 것 같았다. 3층에서만 떨어져도 죽을 수 있는 게 사람이었으니 더한 걸 바랄 수는 없었다. 엄마가 울었다. 재인은 차라리 웃고 싶은 기분이었다. 경아가 웃었던 게 뒤늦게 이해가 갔다. 사이렌 소리가 들렸다. 올려다보니 재인이 찢으면서 내려온 망장들이 누군가의 검고 얇은 혓바닥처럼 바깥으로 늘어져 바람에 흔들렸다. 흐리고 흐린 하늘이었다. 대체 왜 이런 날에 이불을.

손은 엉망이었다. 특히 왼손이 엉망이었다. 손톱이 두 개, 혹은 세 개쯤 빠진 것 같았다. 다시 이렇게 강한 손톱이 날지 안 날지 알 수 없었다. 엄마를 구하기 위해서였나? 경아가 아니었나? 회사 사람들도? 손톱을 그저 이렇게 단순한 도구로 쓰기 위해서였다니 그동안의 노력이 허탈해졌다.

코트 주머니에서 전화벨이 울렸고, 재인은 다치지 않은 손으로 전화기를 꺼냈다. 받기 전에 끊겼다. 두 통이 와 있었는데 한 통은 재욱이었고 다른 한 통은 재훈이었다.

"나쁜 놈들, 평소엔 전화도 안 하더니."

엄마가 점점 서럽게 울었다. 엄마는 분명 일부러 떨어진 것이 아니었지만 13층에서 내려다보이는 서울의 전경을 보며 떨어져도 상관없다고, 혹은 떨어지고 싶다고 내내 생각해온 게 아닐까 재인은 의심했었다. 모녀만이 서로 꿰뚫어볼 수 있는 뒤통수의 표정 같은 게 있어서 엄마를 볼 때 아슬아슬했던 것이었다. 사고였지만 이제 정말로 한 번 떨어졌으니 집을 떠날 때가 된 것이었다. 아빠의 집을.

재인의 소망은 결국 이루어졌다. 부러진 난간이라는 증거가 거기 흔들리고 있는데도 불구하고 사람들은 재인의 엄마가 자살을 시도했다고 소문을 냈다. 반평생을 살아온 아파트에 그렇게 소문이 나니 아무리 재인의 엄마라도 이사를 갈 수밖에 없었다. 재인이 찢은 망창 값을 물어주려고 아랫집들을 찾아다닐 때 사람들의 눈길에서 어느 정도 예상은 했지만 말이다.

이사와 이혼은 자연스럽게 함께 진행되었다.

*

"개비가 부러워. 나도 옮을걸."

피비가 지나치게 강한 자신의 면역력을 탓하며 중얼거렸다. 테이트는 마른 몸을 웅크려 다른 친구들에게 자리를 더 내주었다. 와이어트는 주머니에서 이어폰을 꺼내더니 한쪽을 끼겠냐고 권했지만 아무래도 그 애에겐 두 쪽 다 필요해 보였다.

이것보다 훨씬 나쁠 수도 있었어, 재훈은 생각했다. 세 명 다 챙기지 못했을 수도 있고 엘리베이터를 찾지 못했을 수도 있고 덩치가 큰 애가 재훈 말고 또 있었으면 엄청 비좁았을 수도 있었다.

처음에는 식료품 보관 창고에 내려서 거기 숨을까도 고려했었다. 하지만 아주 가까운 곳에서 울린 총소리 때문에 포기했다. 상자로 거의 막히긴 했지만 내려오는 계단도 있었다. 저 위의 그들이 발견할 가능성이 있으니 엘리베이터 안이 나았다.

"산탄총인 것 같아. 아까 그 소리."

테이트가 말했다. 재훈은 지하로 내려와 있던 엘리베이터를 1층과 지하 사이로 살짝 끌어올렸다. 층 중간에 있으면 억지로 엘리베이터 문을 연다고 해도 조금 더 안전할 것 같았다. 엘리베이터의 비정상적인 움직임을 두고 테이트와 피비가 의견을 나누었지만 재훈은 모른 척했다. 아까부터 목 뒤에 테이트의 시선이 꽂히고 있었다.

"얼마쯤 지났어?"

"이십 분쯤."

"그럼 경찰이 올 때가 되지 않았어?"

"응, 경찰서에서 여기까지 그쯤 걸릴 거야. 다른 애들이나 선생님들이 전화했을 테니까, 분명."

재훈은 서울이 그리웠다. 서울이라면 경찰서가 지척이었을 것이다. 엘리베이터 안에서 핸드폰이 터졌을 것이다. 무엇보다 총도 없었을 것이고 말이다.

그때 깡, 깡, 깡, 하고 마체테로 금속을 내리치는 소리가 들려왔기에 재훈도 인정할 수밖에 없었다. 서울에도 칼은 있었겠지.

"나가면 뭐 하고 싶어?"

테이트가 물었다. 또 십 분 정도가 지났다.

"아이스티. 아이스티 마시고 싶어."

재훈은 대답하고 나서 꽤 남부 사람처럼 대답했구나 싶어 새삼 놀랐다.

"나는 아이스크림."

"나는 아이스팩."

피비와 와이어트가 연이어 대답했다. 와이어트의 발목은 이제 눈에 띄게 부풀고 있었다.

"테이트 너는?"

"집에 가서 엄마랑 하루 종일 있을 거야."

평소 늘 조숙했던 테이트가 그런 말을 했으므로 나머지 세 사람은 웃었지만 곧 각자의 가족들을 떠올렸다. 재훈은 엄마와 누나와 형이 해외 뉴스에서 학교 총격 사건을 보면 얼마나 놀랄까 걱정했다.

결론적으로 말하자면 쓸데없는 걱정이었다. 재훈의 학교에서 일어난 사건은 큰 뉴스가 되지 못했다. 나중에 가족들에게 이야기했을 때도 모두 재훈이 과장한다고 여겨서 재훈은 억울함에 뒷목을 잡을 뻔했다. 아무도 총에 맞지 않았기 때문에 뉴스가 되지 않았던 것이다. 아니, 맞은 사람이 있긴 있었다. 과학 선생님이 과학실에서 아이들과 있다가 문을 뚫고 들어온 산탄의 일부를 맞긴 했다. 다행히 상처가 깊지 않았다.

그 이상의 사상자는 없었고, 경찰과 대치 중에 환각에서 깨어나기 시작한 두 지역민은 순순히 투항했다. 그들이 말하길 학교가 가미카제들의 폭격을 받고 있어서 환각 속에서도 도우려 했다고 했다. 나중에 그 기사를 읽은 재훈은 어이가 없었다. 설마 내가 종이비행기를 들고 날렸던 게 그렇게 보였나?

과학 선생님은 아이들이 잔뜩 낙서를 해준 팔 고정대를 하고 종이비행기 대회를 진행했다. 재훈과 테이트는 멀리 날리기에서 3위를 했다. 1위는 재훈보다 두 학년 아래의 학생이었는데 딱 봐도 똘똘하게 생긴 아이여서 자존심이 덜 상했다. 2위는 언젠가 태클로 재훈을 데굴데굴 굴려버렸던 샘네 팀이었다. 힘으로 던진 게 아닌지 의심이 들지 않은 건 아니지만 축하해주었다.

서울로 돌아오기 전날, 페리 할아버지가 마지막 선물을 내밀었다. 칼날이 한 뼘 정도 되는 조그만 녹색 군용칼이었다. 오래되어 보였다.

"칼이네요."

재훈은 뭐라고 말해야 할지 몰랐다.

"내가 군대에 있을 때 쓰던 거야."

"저 주셔도 돼요?"

농장에서는 칼을 들고 다니면서 쓸 일이 제법 있었지만, 서울에서는 없을 것 같았다. 하지만 페리 할아버지에게 소중한 물건이고 재훈이 돌아간다는 사실에 매우 섭섭해하면서 준 선물이라는 걸 알아서 덥석 받았다. 케일라 아줌마는 농장에서 짠 염소 젖으로 만든 치즈를 주었다. 누나가 좋아할지도 모르겠다는 생각이 들었다. 누나는 냄새 나는 치즈를 잘도 먹었다.

저녁에는 테이트와 피비, 개비가 찾아왔다. 학교에서 작별 인사를 하긴 했지만 한 번 더 새훈을 보러 온 것이었다.

테이트가 재훈의 등을 팡팡 두드리며 가슴은 과하게 붙이지 않는, 남자들이 하는 방식의 허그를 했다. 그러면서 귀에다 속삭였다.

"안녕, 내 아시안 초능력자 브라더."

하하, 재훈이 웃고 말았다.

개비는 같은 학년 친구들에게 모은 편지 뭉치를 전해주었다. 얼핏 살펴보니 눈에 띄는 이름들이 보였다. 재훈은 생각보다

정이 많이 들었다는 걸 인정할 수밖에 없었다.

피비는 작은 유리병에 직접 손으로 그린 미국 국기와 흙을 담아주었다. 흙이라니.

"조지아의 흙이야. 보면서 우리를 생각해줘."

아니, 기껏 구해주기까지 했더니 웬 흙을 주냐. 게다가 미국 국기는 너희한테나 애틋한 거라고. 재훈은 페리 할배도 그렇고 조지아 사람들은 선물에 대해 진지하게 고민할 필요가 있다고 속으로 투덜거렸다. 그때 피비가 부드럽게 재훈을 끌어안았다. 이어 길지도 짧지도 않게 볼에 키스를 해주었다.

"안녕, 내 천사."

그간 가졌던 불만이 한꺼번에 사그라들었다. 재훈은 친구들에게 웃어 보였다.

조지아는 나쁘지 않았어.

*

"공항에서 기다리는데 한참을 안 나오잖아."

재인이 배달 음식 박스를 넓게 벌리며 말했다. 아직도 막내

동생이 도검류 불법 반입 단속에 걸리는 바람에 세관에 억류되어 한 시간 동안이나 나오지 못했다는 게 믿기지 않았다.

"몰랐지. 갑자기 받은 선물이라 그냥 가방에 넣었으니까. 누나 주려고 치즈도 얻어 왔는데 그것까지 뺏겼어."

재훈으로서는 억울했다. 십오 센티미터 이상의 칼은 따로 트렁크에 넣는다 해도 반입이 불가능하다는 걸 몰랐다. 흉기로 범죄에 사용될 가능성이 있어서 일반인은 아예 직접 반입할 수 없고 대행업체를 통해 미리 허가를 받아야 가능하다고 했다. 세관원은 일 년에 그렇게 압수해서 폐기하거나 반송시키는 칼이 십억 원어치라며 주변 사람들한테도 소문 좀 내라고 가볍게 훈계했다. 폐기를 피해 페리 할아버지한테 반송할 수 있었던 게 그나마 다행이었다. 재훈은 칼이 덜렁 돌아가서 할아버지가 서운해할까봐 며칠 뒤 얼른 다른 소포도 보냈다. 엄마와 인사동에 가서 페리 할아버지를 위해 천연염색 타이와 모시 셔츠를 사고, 케일라 아줌마를 위해 자개 보석함을 샀다. 전통 문양이 들어간 카드에 할아버지의 칼이 돌아가게 된 사정을 설명하고 안부를 덧붙여 조지아로 보냈다.

며칠 전에 휴가차 귀국한 재욱은 오자마자 여자친구와 데이트를 하느라 정신이 없더니, 이제 숨을 돌리고 집에서 저녁 시간을 보냈다. 햇빛 때문에 점이 많이 생겨서 피부과를 끊어줘야겠다고 재인은 생각했다. 피부 말고는 파견을 가기 전보다 전반적으로 좋아 보였다. 재욱이 VOD서비스에서 세 사람이 모두 즐겨 보는 시리즈의 슈퍼 히어로물을 골랐다. 새로 나온 외전 격의 영화였는데 감독이 바뀌어서 그런지 영 재미가 없었다.

"나 저런 이야기 싫어해. 백인 남자가 억압받는 아시아 여자를 구해주는 거잖아. 아시아 여자는 왜 맨날 구원받는 역할밖에 못해? 됐다 그래."

영화가 중간까지 왔는데도 별로라 재인이 불평했다.

"이 영화가 재미없는 건 맞는데, 사람들이 스스로를 구할 수 있는 곳은 아직도 세계의 극히 일부인 것 같아. 히어로까지는 아니라도 구조자는 많을수록 좋지 않을까?"

재욱이 말했을 때 재인과 재훈은 동의할 수밖에 없었다. 세 사람은 각자 자기가 구한 사람들을 떠올렸다.

"게다가 어쩌면 구해지는 쪽은 구조자 쪽인지도 몰라."

재인과 재훈은 재욱이 덧붙인 말을 도움을 준 사람 쪽의 심

리적인 보상을 뜻하는 것으로 알아들었지만, 사실 직접적인 의미였다. 재욱과 산제이가 수도에 가 있는 동안 플랜트에서 사고가 있었던 것이다. 용접 중에 감전 사고가 일어나 사람들이 다쳤는데 목숨을 건진 게 다행일 정도로 심각한 부상이었다. 사고가 일어난 구역은 휴가를 가지 않았더라면 그들이 담당했을 구역이었다. 두 사람이 아이들을 구한 게 아니라 아이들이 두 사람을 구한 걸지도 몰랐다. 어느 쪽 둘이었습니까, 재욱은 가끔 궁금했다.

"새집은 어때?"

재인이 재훈에게 물었다.

"전에 살던 데보다 넓고 깨끗하니까 나야 좋지."

전보다 교통이 불편하고 외진 동네인데도 집을 구한다는 게 보통 일이 아니었다. 재인이 회사에서 받은 개인 프로젝트 수익금이 큰 도움이 되었다. 재인이 불완전한 데이터를 넘겼음에도 회사는 용케 재인의 손톱 슬러리로 등산복용 섬유를 만들어 냈다. 그런데 그게 꽤 쏠쏠한 수익을 남기고 있었다. 조금 있으면 온 국민이 재인의 손톱으로 만든 옷을 입고 다니는 게 아닌가 싶어 마음이 졸아들 때도 있지만 최대한 신경 쓰지 않기로 결심했다. 엄마와 추락하며 빠진 손톱도 강하게 새로 자라났다. 다른 방에 잠들어 있는 엄마는 두 동생에게 베란다에서 떨어진 이야기를 절대 하지 말라고 몇 번이나 당부했다. 엄마와 비밀이 있는 큰딸이 되는 건 꽤 괜찮았다.

영화를 보던 재욱이 셔츠 앞주머니를 저도 모르게 만졌다. 가끔 레이저 포인터가 들어 있던 주머니 안에서 손가락이 헤맬 때가 있었다. 어딘가 밤하늘에 잘 쏘아지고 있으려니, 재욱이 빙긋 웃었다.

형이 웃는 걸 보며 재훈은 살짝 놀랐다. 형이 저렇게 혼자 웃을 때는 보통 뭔가 있었다. 짓궂은 형이, 예전의 형이 돌아오려나 재훈은 기대했다. 그렇게 되면 제일 고생하는 건 재훈이 될 테지만 그래도 좋았다. 엘리베이터가 많은 서울에 돌아왔기에 두려울 게 없었다.

만약 세 사람이 대화가 많은 남매였다면 더 많은 것들을 밝혀낼 수도 있었을 것이다. 하지만 세 사람은 각자 편한 자세로 영화를 보는 선에서 남매간의 교류를 마쳤다. 그간 일어난 일에 대한 제 나름의 납득도 다 달랐다. 재인은 먼 미래에서 경아의 후손이 일을 도모했을 거라고 믿었고, 재욱은 사막에서 잘 보이는 별에 있는 다른 문명에서 온 신호라 여겼고, 재훈은 처음부터 일관되게 바지락조개를 의심해서 해양과학 쪽으로 진학할까 고민 중이었다.

여름에 시작되어 겨울에 끝난 삼남매의 모험이었다. 하지만 삼남매는 가끔 동시에, 혹은 조금 어긋난 순서로 생각하곤 했다.

이 모든 일이 아직 완전히 끝난 게 아닐지도 모르겠다고 말이다.

재인이와는 고등학교에 입학하자마자 짝이었다. 재인이의 출석번호는 33번, 나는 34번이었기 때문이다. 가나다순의 출석번호같이 대수롭지 않은 우연이 한 사람의 인생에 끼치는 영향에 대해 생각해보았다. 가장 가깝고 소중한 친구 하나를 그토록 아무렇지 않은 방식으로 얻었다. 아무것도 아닌 우연, 아주 조그만 초능력, 평범하고 작은 친절, 자주 마주치는 다정함에 대한 이야기를 쓰고 싶었다. 실명을 빌려 썼으니 확실히 밝혀두자면, 재인이가 모델 같은 대전의 연구원인 것 말고는 모두 픽션이다. 소설과는 달리 화목한 집안에서 자랐고 남동생 둘이 아니라 귀여운 여동생이 있다. 오래 보았는데도 계속 놀라울 만큼 감각적이고 사랑스러운 재인이와 할머니가 되어서도 지금 같은 친구면 좋겠다.

많은 말을 하는 편도 아닌데 꺼내는 이야기마다 족족 소재인 친구들이 있다. 재욱이가 그런 친구다. 다른 책에서도 도움을 받은 적이 있는데 이번에는 파견 경험에 대해 세세히 대답해주었다. 소설이 자꾸 친구들에게 묻는 안부에서 태어나는 것 같다. 사막의 모래 한 톨 밟아본 적 없이, 재욱이 덕분에 쓸 수 있었다. 역시 실명을 빌렸지만 이름과 사막에 다녀왔다는 부분 말고는 모두 지어낸 것이다. 친구들의 너그러움에 기대어 사는 것 같다.

친동생인 재훈이의 경우 실제로 2013년 여름에서 2014년 봄까지 조지아의 염소 농장에 있었다. 그곳에서의 경험을 이야기해주겠다며 용돈을 요구했다. 우리는 애정이 넘치기보다는 서로 낄낄낄 웃는 남매인데 그래서 재훈이 부분을 쓰는 게 가장 즐거웠다. 결과가 마음에 들었으면 좋겠고 마음에 들지 않으면 이름이 흔한 편이니 자기가 아닌 척하면 될 것이다. 열여덟 살인 재훈이는 곰돌이 같고 웃다. 소설이 언제나 살짝 "떠나자, 직업의 세계!"가 될 만큼 삶에서 일이 차지하는 부분이 크다고 여기는 편인데, 재훈이도 좋아하는 일을 천천히 잘 찾으면 좋겠다.

노벨라의 형식, 흥미로운 분량이 먼저 주어졌기에 즐겁게 채워넣을 수 있었다. 이 작은 이야기가 당신의 책장에서 작은 새처럼 살면 좋겠다.

2014년 겨울
정세랑

재인, 재욱, 재훈

1판 1쇄 인쇄 2014년 12월 17일
1판 11쇄 발행 2023년 6월 13일

지은이 · 정세랑
펴낸이 · 주연선

(주)은행나무

121-839 서울특별시 마포구 양화로11길 54
전화 · 02)3143-0651~2 ㅣ 팩스 · 02)3143-0654
신고번호 · 제 1997-000168호(1997. 12. 12)
www.ehbook.co.kr
ehbook@ehbook.co.kr

ISBN 979-11-6737-062-4 03810